星乃湯 龍の夢

台湾北投に〝日本〟をつくった
佐野庄太郎一家

剛衛 Go Eight 著

星乃湯 龍の夢

台湾北投に〝日本〟をつくった

佐野庄太郎一家

目次

前書き

この物語は、事実に基づいて書かれたものである。登場する人物は全て実在人物であるが、その多くは故人となり、物語に登場する場所や建造物も開発等で形を変えたり無くなってしまっている。したがって、事実であることが証明できないものがある。また口述伝承された話も多く、これまた証明できない。そのため、ノンフィクションと言い切ることはできない。できるならば現地に出向いて取材したかったのだが、世界中に蔓延したコロナ禍で、それも叶わなかった。

しかし旅館「星乃湯」は、台湾における有名な日本風旅館として二〇一三年まで存続していたし、旅館「台北館」は戦前、台北のランドマークとして一九二〇年まで実在していた。この二つの旅館や奥北投に至る道路、滝に隣接して祀られている不動明王等は、この物語の主人公佐野庄太郎が造ったことは紛《まぎ》れもない事実である。

佐野庄太郎は、若くして台湾に渡り一旗上げようと奮闘し、大正、昭和の激動の時代に日本人として活躍した。

この物語は、庄太郎の立身出世の物語である。また、独りであろうとも懸命に努力すれば、功成り名を遂げることができると信じて奮起した一日本人の物語である。さらに庄太郎から子や孫に、その生き方や考え方が継承されていく様子を綴ったものでもある。

掲載した写真は、明治、大正、昭和の初期のもので、主に台湾で撮られたものである。その多くは、主に佐野庄太郎の長女八重子のアルバムから抜粋した。アルバムの雰囲気が伝わるように、余白に書かれた八重子の記述もあえてそのまま掲載した。

各章の空白部分にある挿絵は、八重子が生前に描いていたイラストである。八重子の死後、遺品として出てきた小さなスケッチブックや日記などに描かれていたものだが、花や人物の他に、風景を描いたものがあった。よく見ると、樹木や屋根の傾斜などから、台湾のことを思い出して描いたと思われるものがあったので、これを挿絵とした。

(令和二年八月　八重子十三回忌の夏)

三人の子供と八人の孫たちに捧げる

若かりし頃の庄太郎　八重子のアルバムには、渡台した頃の写真とある。庄太郎の二十歳前後の頃と思われる。

その一　八重子の出産

昭和二十七年十月二十一日。長崎の天候は晴れ。わりと暖かい朝の出来事である。

佐野庄太郎の娘八重子は、結婚して林田という姓になっていた。

午前六時半ごろに少しお腹に痛みを覚えた。出産は初めてではなかったので、あまり騒ぎたてても恥ずかしいと思った八重子は、一人髪を洗ったり顔を剃ったりした。洗濯物も済ませた。ときどき思い出したようにお腹が痛んだが、人に気づかれないように痛みを堪《こら》えていた。

夕食の支度にかかろうとしたとき、激しい痛みが襲ってきた。しかし、まだ体を横にするほどでもなかったので、皆で夕食を摂った。

皆とは、夫の尚《たかし》、十一歳になったばかりの長女宣子《のりこ》、三歳の長男益興《やすおき》である。八重子たちが住んでいたところは、長崎市材木町（現在は興善町の中央公園）のバラック造りの家であった。

やがて、たまらないほどの痛みが八重子を襲い始めたので床についた。午後六時半であった。今下町の鶴という産婆さんがやってきたのが午後七時。ようやく五分おきに陣痛がきて、産声を聞いたのが午後八時二十分であった。

今度の妊娠は、前の二人の子のときと比べて、特別お腹が大きくなっていたので双子ではないかと、夫婦ともども心配していた。貧乏な生活を支えるため、洋裁の内職に精を出し過ぎて、妊娠八か月頃からお腹が下がりだし産婆さんから注意を受けていた。しかしこうして出産直前まで働いてきた結果、かえって楽な出産になったと八重子は思った。

産声は力強く、とても丈夫そうな男の子であった。目方は六・六斤、今でいうと三・三キロほどもあった。その赤子は、生まれるとすぐに八重子の足にジャージャーとおしっこをした。産湯を使って横に寝かせると、すぐピチャピチャと音を立ててガーゼを吸いだした。

なんていやしい子かしらと八重子は思った。

長女宣子も長男益興も、赤子の誕生を大喜びした。

赤子は、長男益興より手足と首が随分と大きいようだ。益興のように無事元気に育ってほしいと、八重子は願った。

一人目は女の子、二人目は男の子を授かり、今度も男の子であった。世間でいう「一姫二太郎」であり、数の上でも一姫二太郎となった。

とても元気そうで成長が楽しみだと八重子は思った。姉兄と仲良く三人で助け合っていってほしいと願った。

夫の尚は、いわゆる堅物《かたぶつ》であった。今はやりのパチンコや競輪、競馬、碁、麻雀等の遊興に現《うつつ》を抜かすことが全くなかった。酒に弱いこともあり、日頃から晩酌もしなかった。煙草ももちろんやらない。遊びごとにお金を使うことのない主人尚のように、この子も真面目な子に育ってほしいと八重子は願った。

同時に、なんとしても、この貧乏な生活から抜け出さないといけないと八重子は思った。

夜も更けてきて、バラック住まいの家に秋の冷《つめ》たい隙間風《すきまかぜ》が入り込んでいた。十月も終わろうとする時期、ここ長崎の日中はまだ暖かさが残っているが、夜ともなると冬の足音が忍び寄ってきていた。

八重子は出産の疲れからか、いつの間にか浅い眠りについていた。その眠りの中、煎餅《せんべい》布団のぬくもりに包まれて夢を見た。それは、戦争で引き揚げてくる前、台湾での父庄太郎や家族と暮らしていた頃の夢だった。

その二　渡台

佐野庄太郎は今朝も夢を見た。十代半ば頃からよく見る夢で、自分が龍になり、富士山の上を飛んでいる夢だった。

だが、上空から俯瞰《ふかん》して見える景色は、自分の暮らす富士の宮のそれではなかった。夢で見ている町は一筋の川が流れ、一方は急な山になって聳《そび》えていた。

夢の中で庄太郎は、「ここはどこだろう。見知らぬ景色だが……」と思いながらも不思議と懐かしさを感じていた。

龍は、上空でひと声吼《ほ》えて急降下していった。その時、ハッとしていつものように目が覚めた。

このところ庄太郎は、こんな夢をよく見るようになっていた。夢はいつも富士山からの景色で始まるのだが、夢から覚めるのは龍のひと吼《ほえ》であったり、川から立ち上る湯気であったりした。

夢の場面も朝方の景色であったり、夕暮れであったり、星が流《なが》れる薄暮《はくぼ》であったりしたが、その景色はいずれも富士の宮のそれではなかった。

庄太郎は夢から目覚めるたびに、富士宮を飛び出して見知らぬ土地で一旗揚げたいという思いが膨らんでいった。

庄太郎は明治十一年（一八七八）七月十八日、静岡県富士宮市安居山八五〇で、佐野国蔵と

センの間に生まれた。六人兄弟姉妹の五番目であった。上に長女セイ、次女モン、三女ゲン、長男傳次郎《でんじろう》、下に三男彦作の六人である。長男とは四歳違いである。

庄太郎は、肌は浅黒く、丈は一六〇センチを少し超えたくらいの小柄な体つきであった。顔の真ん中にデンと構える大きな鼻が特徴で、耳も大きく、眉は太く、目は鋭かった。いかにも精悍で意志の強そうな印象深い顔立ちであった。

富士宮市には、今では世界遺産である富士山をご神体と仰ぐ浅間神社がある。付近には白糸の滝、不動の滝などの瀑布、人穴富士講などがある地である。富士氏の発祥地でもあり、富士氏が務める浅間神社の鳥居前町として発展したと言われている。

その名の通り、富士山を中心に栄えてきたこの町で育った庄太郎は、毎日近くに聳《そび》える富士山の威容を見上げては、富士のように雄大にして壮麗な生き方をしたいと胸を弾ませていた。

富士の宮市はまた、村山を本拠地とした村山修験道があった地である。古くは室町時代、足利義政が富士氏をこの地の能登の上に推挙したという記述が残っている。鎌倉時代には源頼朝の富士狩りの記述がある。戦国期には今川氏真《うじざね》が設けた大宮の楽市が発展し、富士金山も管理し商都として栄えた。

また江戸時代前には、浅間神社を徳川家康が興し、信長や武田信玄などが往来闊歩したという。甲府や身延が隣接し、この地を巡りさまざまな武将たちの駆け引きが行われた舞台となった。

このように、古くから有名な武将や山伏、山岳信仰など多くの伝承・伝説が残っている風土の中で、庄太郎は生まれ育っていった。

明治三十年、庄太郎は十九になっていた。日清戦争の賠償として、台湾が日本の領有となった二年後のことである。

庄太郎は、台湾に単身渡ろうと思い立った。


台湾は、一五四四年、ポルトガルの船員によって発見され、世界史にデビューする。その時、ポルトガルの船員が、「フォルモサ（麗しき島）！」と言ったとされる美しい島である。

この時期は、いわゆる大航海時代の幕開けであった。大西洋から東をポルトガル、西をスペインとして、バスコダガマやコロンブスやマゼランが新大陸に乗り出した頃である。その後、十六世紀の明の時代には、近くを航行する船の寄港地となったり、倭寇《わこう》などの海賊の根拠地とされたりした。

清の時代になると漢民族や日本人の移住なども始まったと言われている。

この台湾を初めに領有したのは、東インド会社、つまりオランダであった。領有といっても、オランダ東インド会社が中国貿易のために台湾の南部にゼーランディア城という要塞を築いて貿易の拠点としただけであった。

この頃、日本は桃山時代。豊臣秀吉は台湾に対して領土的な興味を持ち、台湾に朝貢するように求めた親書を遣《つか》わしたことがあった。ところが、当時の台湾は統治を代表する者がいなくて、多くの部族が対立している状態であったため、どの部族が秀吉へ返書を出すか決まらずにいたという。

この頃の台湾は、日本では「高山国《こうざんこく》」と呼ばれていた。

その後、江戸時代になっても、有馬晴信が台湾に軍勢を派遣したり、長崎代官の村山等安《むらやまとうあん》もゼーランディア城を巡っての軍勢を派遣したりしていたが、いずれも失敗に終わった。南方の貿易で得る巨利や台湾の地勢的に重要な拠点を巡って、各国や各勢力が争った。スペインも、オランダが要塞を築いた二年後（一六二六年）、基隆《きいるん》付近を支配したがオランダとの争いに敗れた。

オランダの支配を打ち破ったのが、鄭成功《ていせいこう》である。

鄭成功は、長崎県の平戸を根拠地として活躍した中国人の海商鄭芝龍《ていしりゅう》を父に持ち、平戸出身の田川マツを母に持ち、平戸で生まれた。幼名を日本名で福松、中国名で鄭森《ていしん》といった。七歳で単身海を渡り、二十一歳の時、明の隆武帝《りゅうぶてい》から明の国姓である朱を賜ったので、人々は「国姓爺《こくせんや》」と呼んだ。

後に、中国で清が勢力を伸ばすと「抗清復明」を旗印に清に抵抗する。中国本土で不利な戦いの後、台湾に渡って戦いの拠点とした。台湾では、勢力を持っていたオランダと戦い、これに勝利して台湾で政権を築いた。この鄭成功の活躍を人形浄瑠璃で描いたのが、近松門左衛門の「国姓爺合戦」である。

鄭成功はオランダに勝利した四か月後に病死し、彼の意思を継いだ息子たちが奮闘するが、一六八三年に清に降伏し、台湾は清の政権下に置かれた。

その後、日本と大きく関わるのが、明治七年（一八七四）の牡丹社《ぼたんしゃ》事件である。それより三年前の一八七一年、那覇から宮古島へ戻る途中の貢納船が台湾南東部に漂着し、遭難した宮古島島民がたどり着いたのが台湾の牡丹社であった。社というのは集落のことである。この牡丹という集落に助けを求めてきた宮古島島民のうち五十四人が台湾原住民に殺害されたのである。この牡丹事件を重く見た日本政府が日本軍を派兵し、中国（清国）に賠償を迫ったのが牡丹社事件である。

この事件が起こるまで清国政府は台湾を重視していなかった。賠償を迫った日本政府に対して清国は、「台湾は化外《けがい》の島である。迷い込んだ牡丹郷で琉球人がパイワン族に殺害された」という返答であった。

つまり、清国は台湾を統治下には置いていないという意味であった。

この当時、台湾は肥沃な土地で人口は少なく華南の人々にとっては魅力的な土地であったが、風土病や毒蛇の恐怖に加え、部族間の対立も激しく、統治の難しい土地でもあった。そのため清国は、積極的に統治をしていなかったのである。

しかし、この牡丹社事件をきっかけに、日本の勢力拡大に危機感を抱いた清国政府は台湾北部の台北に城郭を築き、台湾統治に積極的に乗り出してきたのである。

その後、日清戦争で勝利した日本政府が台湾を統治するようになったのが、明治二十八年（一八九五）、庄太郎が十七歳の時であった。日本政府への割譲を反対する漢人と一部の台湾住民と日本軍との間で台湾を巡って乙未《いつび》戦争が起きた。一八九五年十一月には初代総督府樺山資紀《かばやますけのり》が台湾平定宣言を出した。

ざっと台湾の歴史を振り返ったが、庄太郎が渡台した頃の日本は、何とか踏ん張れば何かが切り開けるのではないか、欧米に追いつき追い越せるのではないかという熱い空気に溢れていた。身分制もなくなり、誰でも個人の才覚と努力で、一旗も二旗も揚げることができるのではという空気が漂っていた。

そんな熱い空気に突き動かされるように、この頃の日本人の若者には何かしら野心めいたもの、沸き立つ雲のようなものを心の内に持っている者が多かった。そんな時代であった。その空気をまともに吸っていた十九の庄太郎は、家は長男が継ぐので、自分は独立して故郷に錦を飾ってみせるという思いを抱くようになっていた。その地として選んだのが台湾だった。

志を立ててから密かに、こつこつと貯めていた三円を持って、「台湾に渡る」と家族に宣言した。

この頃、教師や警察官の月給は八円程度であった。一円の価値は現在の二万円程度であったから、三円は六万円くらいになる。そんなに大した金額ではないともいえるが、大金持ちの家に生まれたわけでもない若者にとっては十分な大金に思えた。

こつこつとよくも貯めたものである。

庄太郎の宣言に、無論、家中親戚、皆反対をした。が、庄太郎の決意は変わらなかった。胸の中は沸々と正体の知れない熱いものが滾《たぎ》っていて抑えられず、みんなの反対を押し切った。ただ一人、庄太郎の気質を知っていた母センは、黙って五円を手渡し、「身体だけは気を付けて、頑張ってきなさい」と言って送り出した。

自分で貯めた三円と母から貰った五円を懐《ふところ》に、故郷静岡を出た。

ようやく門司～長崎間の鉄道が開通した明治三十一年秋、列車に飛び乗った。庄太郎が静岡から外に出たのは、この時が初めてであった。

毎日のように励まして背中を押してくれているように感じていた富士山が、この日も車窓から見えた。車内に頼れる者もいない庄太郎を、今日もまた富士山が「頑張るんだぞ！」と送ってくれているようで、庄太郎は青雲の志をなお一層熱くしていた。

丸二日かかり、ようやく長崎の浦上という地に足を降ろした。庄太郎は、異国情緒溢れる長崎の町に目を見張った。静岡と違って、何やら人通りが多く、道行く人の中には外国人も混じっていた。町中を歩いていても、山に囲まれているようで、すぐ山が迫っているように感じた。坂道が多く、斜面伝いに山の上まで家並みがあった。

新地の中華街や外国人居留地のある南山手などをもの珍しく歩き回わり、丸山近くまで来た。その時、なんとも言えないいい匂いが空腹の庄太郎を刺激した。匂いの正体は、大徳寺で売られている梅が枝餅であった。庄太郎は堪らなくなり、境内で足を止めた。考えてみれば、夕べ列車の中で握り飯二個食べただけであることに気が付いた。

梅が枝餅一個を思わず買っていた。この菓子は太宰府天満宮で売られているのが有名であるが、ここ大徳寺でも、明治の初期に創業した老舗「きく水」が大徳寺焼餅として販売していた。庄太郎は太宰府のそれよりも少し大きめだという餅を頬張った。パリパリした触感の生地に梅の刻印の付いた熱々の餅を口に入れると、甘《あま》い餡《あん》の香りが口中に広がった。

なんて旨い餅だろう！

初めて食べる梅が枝餅はなんとも言えず旨く、庄太郎は舌鼓を打った。静岡で食べたことがある蒸し菓子とは違い、この菓子は、薄い生地に餡を入れて焼く焼き菓子であった。後に、この時の話を八重子に何度も聞かせたくらい、印象に残った旨さだった。

長崎港からは台湾に向かう貨物船に乗った。この頃の台湾への渡航は、ほとんどが長崎港からであった。

前述した有名な牡丹社事件（明治七年／一八七四年）のとき、日本政府が台湾へ軍を派遣したのも、ここ長崎港からだった。台湾に軍勢を派遣した村山等安も長崎港から出港していたし、江戸時代から長崎と台湾間の航路は開かれていた。

東シナ海を渡る船が波飛沫《なみしぶき》を上げて進んでいた。甲板に立ち、遙か彼方を眺める庄太郎は、潮の香りとともに心地よい海風を感じていた。風を心地よいと感じるくらいに、庄太郎の躰は熱《あつ》く滾《たぎ》るものがあったのだ。見つめる彼方に台湾が見えるようであった。

甲板に立っていた庄太郎の頬に、波飛沫とは違った水滴が当たった。空を見上げると晴れ渡たった晴天ではあったが、船の進む方向に黒い雲がわずかに見えた。海が荒れなければいいがと思い、思わず腹巻きの中にしまっておいた妙法蓮華経《みょうほうれんげきょう》陀羅尼経《だらにきょう》に手を添えた。

庄太郎の生家のある富士見町は、日蓮宗の総本山身延山大石寺に近く、近辺は皆、信者であった。とりわけ庄太郎は、「立正安国論」を唱え、信念を曲げずに激しい生き方をした日蓮を崇拝していた。

日蓮が佐渡に流されるときに海が荒れた。その時、日蓮が南無妙法蓮華経を唱え海が荒れるのを鎮めたという逸話が残っている。この逸話では、日蓮が鎮めた海から、〝南無妙法蓮華経〟という文字が彫られたアワビが見つかるという話も残っている。

庄太郎はこの話を信じていたため、いくつかの経文を覚えていた。特に陀羅尼経の経文は諳《そら》んじるようになっていた。庄太郎は、この陀羅尼経が魔除けや困難には最強の経文であると信じていた。

　船が進むにつれ、いよいよ空がかき曇りだし、ついに大粒の雨が落ちてきた。風雨が急に強まり、波もうねるようになり、船は大きく揺れ始めた。庄太郎は船内に戻り、腹巻きから陀羅尼経を取り出し、経文を唱え始めた。

「アニ　マニ　マネ　ママネ、シレ　シャリテ　シヤミヤ　シャビ　タイ　センテ　モクテ……イデビ　イデビン　イデビ　アデビ　イデビ　デビデビデビデビデビデビ　ロケロケロケロケ　タケタケタケ　トケトケ」と何度も唱えた。

　周りにいた乗客は身体を揺らしながら、不思議そうにこの若者を見ていた。

　その時、船は大きく揺れ、庄太郎をはじめ多くの乗客が船室の壁などに身体や頭を打ち付けた。庄太郎は身体が横倒しになりながらも一心不乱に経文を唱え、また念じ続けた。どのくらい唱えたのだろうか、いつの間にか波は静まっていた。

　庄太郎は身体を横にして船室に転がっていた。自分では念じ続けていたつもりであったが、眠っていたのかもしれない。はっきりとした意識はなかった。しかし、しっかりと経本を握り締めていた。

　甲板に出てみると、海は静まっていた。船室の蒸し暑さと違って、久しぶりに嗅《か》いだ外の風と潮の香りに清々《すがすが》しさを感じた。そこには静岡の海の色とは違い、紺碧《こんぺき》の海が広がっていた。

　船は基隆《きいるん》の湊《みなと》に着いた。

　台湾は秀吉の時代に「高山国」と呼ばれていた通り、甲板からは聳え立つ山の蒼《あお》さと濃い緑が見えた。海の青さと船が立てる白い波しぶきを見ながら、庄太郎は思わず身震いをした。武者震いであったのだろう。

台湾には部族間の抗争があって、勝った部族が負けた部族の首を狩る習慣が今も残っていると聞いていた。

「よし！」

庄太郎は声に出して気合を入れた。

突然のことでしかも大きな声だったので、甲板にいた乗客たちは思わず庄太郎を振り返って見た。

船は速度を落とし、基隆の入り江に入っていった。入り江の奥には二千戸ほどの赤い台湾瓦の家々が立ち並んでいた。入り江の中央の小島に錨《いかり》を降し、艀船《はしけせん》に飛び移って、やっとの思いで上陸した。

岸に上がると、みすぼらしいトタン屋根のにわか作りの基隆駅があった。あたりは何やら臭気が立ち込め、道端のごみだまりには、豚が鼻を突っ込んでいた。便桶を洗っている老婆の横では、野菜を洗っている娘がいた。庄太郎は大変なところへ来たようだと思った。

清朝統治下の時代、台湾の人々は飲み水と灌漑用水の大半を井戸や貯水池、用水路に頼っていた。公衆衛生の考えはこの時代にはまだ育っていなかった。

また風土病が多く、日清戦争後、台湾平定に投入された日本軍のうち、戦闘で命を落とした者は約百五十人、一方、病死者は四千人に達し、約二万七千人は治療のため日本に戻ったと言われている。それほど台湾は衛生環境が悪く、マラリヤ、ペストなどの風土病が猛威を振るう「鬼界の島」でもあった。

　庄太郎が渡台した頃は幾分よくなってはいたが、まだまだ不衛生な島であった。


　ようやくやってきた機関車に乗り込み、台北を目指した。当時の機関車は勾配のきついところでは動かなくなることがあり、乗客が押して坂を上ることもあったという。もくもくと煙を吐いて列車は動き出した。庄太郎は深い眠りに落ちた。

「台北までは何時間かかりますか？」

「まだ土匪《どひ》は出てきますか？」

大声でしゃべる隣の乗客の声で眠りから覚めた。

その時、大きな叫び声が聞こえた。

「荷物はそのままで、汽車を降りてください」

叫び声と言うより怒鳴り声だった。周りの乗客に確かめると、汽笛を合図に乗客みんなで力を合わせて汽車を押してもらいたいということであった。

秋とはいえ、灼熱の台湾で汽車が吐きだす白い蒸気の熱を感じながら、みんなで力を合わせて汽車を押した。急な上り坂である。庄太郎は噴き出す汗をべっとりと肌に感じながら力を込めた。

ようやく汽車は動き出した。今度はそれにまた飛び乗らなければならなかった。トンネルでは黒煙が窓から入ってきて息苦しかった。そうこうしているうちに、車窓から見慣れない台湾の景色や水牛や樹木などが見えてきた。

ガタガタと揺れる汽車の動きに背中を壁に打ち付けながら、ようやく八堵《はっと》という番小屋のような駅に停まった。そこから基隆川に沿ってゆっくりと汽車は南下していった。車窓から見える赤い平べったい屋根の台湾独特の民家や、その周りを囲むような竹藪の景色を見ながら、庄太郎は台北の市街地に近づいてきたことを感じた。

煉瓦建ての大稲埕《だいとうてい》街を過ぎ、淡水河のほとりの台北駅に着いた。

慌ただしく汽車を降りた庄太郎は、疲れよりも「やっと着いた！」という喜びと高揚感が勝っていた。

台北の街は城郭都市台北府城を元に造られた街である。貿易で栄えた大稲埕を北に配し龍山寺のある頂郊、下郊、安渓を南西に、真西は淡水河がある。府城は風水で東北、南西にやや傾けて作ってある。この府城を作った契機は、前述した一八七四年の牡丹社事件である。

ともあれ、この城郭都市が、その後の台湾の経済や文化の中心として発展していくことになる。城内に役所や役人登用の試験場があり、石坊街、西門街、新起街が相次いで発展していった。官庁や教育機関、信仰の場も全て揃ったこの都市は五つの城門に囲まれ、城壁の周囲の長さは五キロほどもあった。

日本統治になると、この府城の改革が進み西門が撤去され、城郭が取り壊された。そして、代わりに三線道路が敷かれた。また日差しやスコールを避けるため、台湾独自の騎楼《きろう》（道路に面した屋根付き通路）も、この時期から現れる。当時の人口は十四万人くらいであった。

庄太郎は台北駅からまっすぐに伸びる道を南門（麗正門）に向けて歩いた。目についたのは、ところどころにある市場であった。日本人向けに作られている市場と台湾人（本省人）向けの市場があり、そこには見たこともない果物や見慣れない衣服や帽子などがあり、なんとも感じたことのない匂いもあった。

豚の頭を丸ごと置いてある屋台では、豚肉料理を売っていた。さまざまな食品を煮たり焼いたりしていて、その匂いが辺り一面に拡散されているようだった。それにしても、何の食品か分からない、腐ったような異様な匂いも混じっていた。

この市場は、その後発展し、明治三十年半ばには、日本人を対象にした新起街市場、南門市場、幸町市場ができ、台湾人向けの新富町市場、永楽町市場、士林市場などができた。

市場を離れてしばらく歩くと、街路にはダイオウヤシや台湾楓《たいわんかえで》などが植えられていて、故郷の富士宮とは全く違った風景に、庄太郎は目を見張った。そして、この地でなんとしても一旗揚げてみせると、思いを新たにした。

今日からの塒《ねぐら》と働き口を探さねばならない。庄太郎は、その前にまずは腹ごしらえと思った。長崎で梅が枝餅を食べてから、船中では水以外はのどを通らず、丸二日以上食べ物を口にしていなかった。

キョロキョロしていると、思いもかけず日本語で話しかけられた。

「職を探しておいでではないかね」

声を掛けたのは、前掛けをした中年の日本人であった。前掛けには「富山商店」という紺の文字が染め抜かれていた。その人の後について商店に行くと「こちらへ」と中に通された。

庄太郎に声を掛けた人は番頭さんのように思われた。

「職を探していると、どうしてお分かりになったのですか」

庄太郎は率直に尋ねた。

その人は庄太郎の問いには答えず、「私は、この店の番頭の山田です」と名乗った。そして「一目で分かりますよ。その格好と鋭い目を見たら」と笑いながら言った。

「少しお疲れのようですね」

庄太郎を見回すようにして、番頭さんは続けた。

静岡から出てきてからこの一週間ほどの間に、衣服は汚れくたびれていたが、青雲の志に燃え、気が張っていたので、自分の身なりを顧みる余裕がなかった。言われてみれば、他人から見ると確かに異様な格好に見えることに気が付き、庄太郎も思わず苦笑した。

番頭さんの話では、日本から台湾に来る若者は結構いて、同じような格好で歩いている者も少なくないとのことだった。また、富山商店で少し人手が足りなくなってきたところに、妙に目力のある若者に目が留まり、声を掛けたと話してくれた。

つまるところ番頭さんの目から見て、富山商店の働き手として使えるかもしれないと思ったので、庄太郎に声を掛けたのだった。

庄太郎は番頭さんの誘いに二つ返事で承諾した。

こうして、台湾に着いたその日に、寝泊まりするところも食事もどうにか確保することができた。住み込みの使用人部屋があてがわれた庄太郎は、自分自身の幸運を感じた。

幸先《さいさき》がいいぞ！　今後の行く末が明るいものになりそうなだと思った

旅の疲れもあって、その日はぐっすり眠った。

その三　八重子の子育て①

八重子の産んだ次男の名前を、夫尚の兄で小学校の教師をしていた堀川修源に付けてもらった。先に名付けてもらった長男の益興《やすおき》が元気に育ったからである。修源氏からは「剛衛《たかもり》」という名が届いた。

長男が「利益を興《おこ》す」という名で、次男が「剛《つよ》く衛《まも》る」という意味にとれる。八重子は次男なのに家を衛《まも》る人になるのかしらと思った。修源からは、末は大臣になるような良名と言われたが、八重子は平々凡々で良いから世の中のためになる人に育ってほしいと思った。ただ、兄益興と弟剛衛の画数が同じなので、いがみ合ったりぶつかりあったりしなければいいがと気になった。

剛衛は順調に育っていった。乳もよく飲み、乳首に強く吸い付くので飛び上がるように痛いときがあった。寝つきも良く、夜の十一時に乳を飲ませると朝の六時まで起きず、本当に楽な子だと思った。ただ愛想のない子で、なかなか笑わなかった。

三か月目になると、剛衛は笑うようになったが、急に手がかかるようになった。夜はよく眠るが昼間のうるささはこの上なかった。暗いところを嫌がるようになり、頬と頭に湿疹ができ、なかなか治らなかった。八重子は湿疹を見るたびに、「星乃湯」の湯の花があればとため息をついた。

剛衛は体が大きく手足も大きいので、おんぶされると、おぶっている大人の背中から大きな足がのぞいた。すれ違う近所の人たちは、その手足の大きさにびっくりした。顔や頭の湿疹などもあり、「わあ、可愛い赤ちゃん」と言われたことはなく、「手足が大きくて、丈夫そうね」と言うのが、せめてもの誉め言葉だった。「抱っこしよう」とか「おいで」と手を出してくる人は、ほとんどいなかった。

このころ尚は、近くにある築町市場から、安価に手に入る魚の干物、海産物、水飴などを仕入れて京都まで出かけ、旅館街で行商をした。水飴は統制下において砂糖が貴重で手に入りにくく、砂糖代わりの甘味料として重宝がられた。

行商で稼いだ金で、大阪神戸の衣類を仕入れて長崎で売ることを生業《なりわい》としていた。満員の列車に窓から飛び乗ったり、列車の連結部分で休んだりしたこともあった。列車内で水飴が入った一斗缶が熱で膨張して破裂し、大騒ぎになったこともあった。

当時は九州と本州を繋ぐ関門トンネルはなかった。門司で一旦下車して関門海峡を渡る船に乗るための順番待ちをしなければならなかった。門司港では長い行列ができていた。尚は一計を案じた。

「すいません。すいません」と言いながら列の先頭まで行き、そこで涼しい顔をして先頭に立った。列の途中の人は、次の船に乗れるか乗れないかの微妙な立場である。そこで待つ人は神経がピリピリしていて気が立っていた。先頭の人は必ずすぐに乗れるので鷹揚《おうよう》であるだろうという尚の一計だった。そうでもしなければ、下手すると乗船は明日になることもあった。そうなれば長崎で待つ妻子が食べていくのに行き詰まる。そう思っての行動だった。

ずるいことではあったが、尚には生きていくためにはなんでもする逞《たくま》しさがあった。尚のみならず、終戦後を潜り抜けてきた人々は、大なり小なりこうした逞しさを持っていた。

八重子は洋裁の内職に精を出して、糧を得ていた。それでもなかなか暮らし向きは楽にならず、方々から借金した。尚の友人の勧めもあって、その借金を元手に、尚と八重子は、八重子名義の質屋を開業した。少しずつではあるが、生活は好転していった。

そうした中、質屋をするには手狭になってきたこともあって、尚はバラック住まいの材木町から大橋町に思い切って転居することを決めた。

大橋町は長崎市の北部にあり、浦上地区のはずれにあたる。長崎市の発展に伴い、北部へ北部へと町ができていくと

きの奔《はし》りの頃であった。この流れに賭けて大橋の地で質屋を広げたいとの考えだった。

一家が引っ越した当初の大橋町の様子は、隣近所といっても数件しかなかった。あとは湿地帯が多く、葦が生え、ギンヤンマやオニヤンマが飛び交い、カエルがゲコゲコと鳴き、赤い腹を見せてイモリが泳ぎまわるような土地であった。ここいらでは、そのイモリのことを「赤っ腹！」と呼んでいた。

引っ越しの様子を見ていた隣近所の人たちは「すぐに破産して出ていくだろう」と噂したほど、持ち物の少ない引っ越しだった。

一時期の食べる物にも困っていたときよりは生活は好転していたが、まだまだ貧乏の中での質屋稼業であった。剛衛がまだ乳幼児の頃である。


剛衛は身体が大きいだけではなく、相変わらず顔や頭にひどい湿疹のある子だった。大橋に越してきても「抱っこしよう」と言う人はほとんどいなかった。ただ、台湾から一緒に引き揚げてきたトキババだけは別だった。トキババは台湾時代の旅館の使用人だった。山口県出身のトキババが長崎に来た時だけは、よく可愛がってくれた。トキババは背中からはみ出すほど大きい剛衛をよくおぶって、散歩に連れていった。おんぶしているトキババより、おぶさっている剛衛の方が大きく見えることもあり、「大変ですね」と道行く人によく言われた。

八重子は、戦後引き揚げてきて、何もかも売り尽くし、残ったミシンでの内職を続けながら尚と一緒に質屋を営んだ。材木町でなじみの客となった人は、ここ大橋でも少しは来てくれたが、当然初めての地なので、お客は減った。

そこで宣伝の張り紙をすることにした。八重子と宣子は夕食後のご飯を木べらでこね、水でのばして糊《のり》を作り、尚は店の宣伝用にと障子紙を切った。切った紙に八重子が墨で

「――林田質店　開店　岩屋橋電停側――」

と書いた。こうして夫婦二人で毎日三十枚の張り紙を作った。

尚は張り紙と糊と刷毛《はけ》を籠《かご》に入れて自転車の後ろに括《くく》りつけ、前には子供を乗せる座席を付けて益興を乗せた。当時は木製だった電柱に、二人で片っ端からこの張り紙を張っていった。電柱に着くと、尚はまだ小さい益興を肩車した。益興に柱の高いところに糊を塗らせてから紙を貼らせた。大橋町から住吉や赤迫、昭和町から本原、鉄道の線路を越えて西町と、坂の多い街で何日も自転車を繰り出した。張り紙が人の手や風雨によって剥《は》がされると、またそこに何度も張り直しをした。

益興にとってこの張り紙を貼る作業は、始めのうちは遊び半分のような感じがして楽しかった。しかし毎日出かけるうちに、尚の必死な様子が益興にも徐々に伝わっていった。

益興は人の手によって破られないように、できるだけ高い場所まで手を伸ばし、入念に糊を付けるようになっていった。後に、益興が小学三年の時、岩屋山に登る遠足の途中、この宣伝

用の張り紙がまだ残っているのを見た。それは西町の電柱の上部に、ぴったりと張り付いていた。商売や行商をするには元手がいる。元手は借金である。借金は働いて返し、返した残りのお金で食いつなぐ。材木町でも今の大橋でも、そうした自転車操業の繰り返しをしてきていた。ただ、不思議なことに、必ず誰かが手を差し伸べてくれた。人は必死になれば、誰かが見てくれているのかもしれない。これまでも、今でも、まだ苦労の連続とはいえ、尚や八重子にはお金を貸してくれる人が必ずいた。

人は働けば財を作るのは容易《たやす》いのかもしれないが、信用は金では買えないものである。あの人ならば大丈夫だと思われる信用ある人にならなければ、誰もお金を貸してはくれない。八重子も尚も、父庄太郎を見ていてそう思ってきた。また終戦後の苦労でも、身に染みてそう感じていた。

八重子は子供三人抱えながら、この子たちを人から信用される人間に育てなければと思った。そのためには、父の話や尚と一緒に苦労した戦後の話、商売での苦労話を子供たちに聞かせなければと思った。

また、覚えていることは書き物に残して読めるようにしておきたいとも思った。そうすることで、簡単にはへこたれない、背骨に一本芯の入った子に育つのではないかと考えた。一人ででも生きていくことのできる子に育てるのは、親の務めだと思った。

相手が強大な悪であっても、自分が正しいと思った時は、ひるまず噛みついて離さず、指の一本や二本は噛みちぎって刺し違えるくらいの気概を持った子に育て上げたいと思った。

終戦直後、石に躓《つまづ》いて転んで泣きじゃくる我が子に向かい、「大丈夫、かたきはとってやる」と言って、その石を叩いたり踏みつけたりしてあやした母親が多くいた。「かたきはとったから、もう泣かない！」と言うと、子は泣き止んだ。

八重子も同じように、「なにくそ」という意地や思いを忘れずに努力することを教えたいと思った。

三人の子は順調に育っていった。

宣子は育ち盛りの時でも、益興や剛衛が食べるのを見て、自分が食べるのを我慢していたことがあった。八重子は、宣子の健気《けなげ》さを不憫《ふびん》に思い、すまないと思って涙したこともあった。最も貧しいときは一個の薩摩芋を家族で分け合って食べたこともあった。

尚が目を悪くして入院し、そのための費用で生活費がなくなったことがあった。八重子は絶望のあまり、深夜起き出して猫いらずを探した。鬱状態で気が変になっていたのだろう。コップに水を入れ猫いらずの瓶の蓋を開けた。その時、十歳の宣子が目を覚ました。

「お母さん、何しよっと。止めて！」

宣子は母親の異様な雰囲気を察して飛びついた。猫いらずが畳に飛び散った。八重子は娘の顔を見て正気を取り戻した。宣子から救われた命だった。いつもは寝坊助の宣子が、あの時は珍しく目を覚ましました。宣子に止められていなければ、自分のみならず子供たちも飢えで死んでいたろうと思った。三人の子で一番、八重子の身近で苦労を見てきたのが宣子であった。益興は乳離れが遅くて心配したこともあったが、病気も少なく元気に育った。近くでチンドン屋の音楽が聞こえると、列の後ろから一緒に踊ってついていく陽気な子に育った。手先が器用で、物覚えも早かった。

洋裁をする母親の傍らにいたときだった。ボビンや仕付け糸や布が面白く、触り始めた。

「それは商売の品。触らない！」

八重子が注意すると、そのときは手を引込めていた益興だったが、八重子がミシンに向かうとまた手を出した。数回繰り返したとき、八重子は鬼の形相になった。

「何度言ったら分かるの！」

益興を掴《つか》まえて、ミシンの踏み台に押し込めた。まだ三歳の益興を動けないようにして、右手を出させた。親指の付け根をまげて唾《つば》を付け、そこに艾《もぐさ》を置いた。灸を据えたのである。

「ああ～熱か！熱か！」

益興は泣き叫んだが、艾が灰になるまで許されなかった。

この時の怖さと熱さがショックで、益興は、その後二年余りどもりになった。

当時の日本の母親はほとんどが気丈で強かった。

ときには叱られることもあった益興であったが、大橋に来てからは、預かった品に付《つ》ける紙縒《こよ》り作りを手伝ってくれて随分と助けになった。

剛衛は三人の子供の中で一番体が大きく、そして一番の悪《わる》だった。一番の大飯《おおめし》食らいで、四杯目の「おかわり」を差し出したときに「これでおしまい！」と言い聞かせて、やっと食べるのを止めさせていた。

剛衛は子供の喜びそうな西瓜、リンゴ、みかん、柿、枇杷などには目もくれず、果物はなぜか栗だけしか食べなかった。トマトや野菜にもあまり手を付けず、好きなのは肉だけだった。刺身も貝類も食べない。あまりの偏食に総合ビタミン剤を飲ませることもあった。

近くに東映の映画館ができると、剛衛は映画の看板を見てはチャンバラの真似事をするようになった。

「おい（俺）は大友柳太郎、おいは市川歌右衛門。今日は片岡千恵蔵」などと俳優の名を名乗って竹の棒を構え、聞き覚えの台詞《せりふ》をしゃべった。記憶力は良さそうだったが、棒を振り回してばかりいて周囲を困らせた。

雨が降っても平気で泥の中に座るので、白いトランクスのお尻がいつも黒ずんでいた。水たまりの中にしゃがみこんだまま、

「おじちゃん、どこ行くとね」

などと、道行く知らない大人にでも話しかける。全く人見知りをしなかった。近所の人は呆れかえっていたが、商売仲間からは「きっと良い商売人になる」と言われることもあった。だが悪さがひどく、まともに育つのかと八重子を心配させた。

剛衛の悪さをあげればキリがない。水甕《がめ》の蓋を持ち出して割ってしまったことがある。石を蹴飛ばして水甕に当てて穴を空け、使えなくしてしまったこともある。

仏壇の引き出しから金時計を勝手に持ち出し、石でたたき割って鎖をぶら下げて帰ってくる始末。悪さをあげだしたら切りがなかった。

「なんで時計を壊した！」

尚が叱ると、「どがんして針が動くとかなと思って、時計の蓋ば開けようと石で叩いとったら、こげんなった」と悪びれることもない。

八重子や尚から見ると、剛衛の行いは粗雑で乱暴に映った。金時計ばかりではない。当時の時計はリューズを回して、リューズの元に戻る力を利用してゼンマイが動き、ゼンマイの動く力で時計の針が時を刻んでいくという仕組みだった。当然、リューズが戻り切ると時計は止まってしまう。

手伝わせる仕事がないとき、このリューズ回しを剛衛に頼むと、螺子《ねじ》切ってしまうことが度々あった。粗野、粗暴という言葉がぴったりの子供であった。

ある時は鏡の前に飛んで行き、ズボンを脱いでおならをする。

「なんでそんなことをするんだ？」

尚が尋ねると、「おならを見たいと思ったけん」と、すました顔で答える。

馬鹿なのか、好奇心が旺盛なのか、なんでも思ったことは試したがる子だった。そのため腹を抱えて笑わされることもあれば、腹が立ったり、心配させられたりもした。

剛衛は三つ違いの兄益興の後について遊ぶことが多かった。近所の子と一緒に浦上天主堂まで行き、鬼ごっこをしたこともある。この頃、天主堂の境内には、原爆で被災したマリア像などの石像がごろごろしていた。その石像の上に登ったり乗ったりして遊んだこともあった。

小学校に入学したばかりの頃だった。益興が友人と連れ立って大橋川でウナギ釣りに出かけるというので、剛衛もついて行った。益興たちは草で輪っかを作り、ウナギが棲みそうな穴を探した。穴の前で輪っかを振り、出て来たウナギをひっかける釣りに夢中になっていた。

河原では大人たちがした焚火《たきび》が残っていた。鉋屑《かんなくず》や木切れを入れるとぱっと炎が上がった。剛衛は炎の色が変わるのが面白くて興味を持った。そして、燃えそうな鉋屑や木切れや紙切れを探してはくべていった。くべようとした鉋屑が剛衛の手からこぼれた。その屑を掴まえようとして、勢い余って焚火の中に手を突っ込んでしまった。激痛に剛衛は声を上げた。酷《ひど》い火傷《やけど》を負った。

八重子は益興が下の子をきちんと見ていないことに腹を立てた。病院に剛衛を連れていく責任を益興に課した。

剛衛の手の平には大きな水ぶくれができていた。剛衛の火傷を診た医師の処置は素早かった。手の平にはさみを当て、手の皮を全て切り取って湿布した。傍で見ていた益興は気持ちが悪くなり、失神した。

剛衛が幼稚園に通い始めた頃だった。園池に飛び込み、びしょ濡れになった。八重子は園から呼び出しを受けた。話を聞くと、園で暴れだした男の子が三輪車を池に投げ込んだので、それを腰までつかって取りに行ったという。泳ぎもできない子なのに、向こう見ずすぎると八重子は思った。

母親から褒められるとばかり思っていたら、反対に叱られた。むっつり右門の大友柳太郎や多羅尾坂内《たらおばんない》や旗本退屈男の片岡千恵蔵のようにヒーローになって、いいことをしたと思っていた剛衛には訳が分からなった。口を尖らせて歩いていたが、鳩を見つけて追っかけているうちにすぐに忘れていた。単純な子であった。

園からの呼び出しは、もう一度あった。

園に着いた八重子は、一室に招かれ椅子に座らされた。

応対したのは園長先生と担任の先生であった。

担任は八重子に二枚の絵を取り出して見せた。どちらも剛衛が描いたものだと言われた。一枚は、乱暴な筆致で真っ赤にグルグルと塗りたくられていた絵だった。赤一色である。もう一枚は、少し丁寧な筆致ではあるが、こちらは黒一色で塗りつぶされていた。要するに、真っ赤な絵と真っ黒な絵である。八重子は何の絵だろうと思った。

「ここ最近の絵です。剛衛さんが描きました」

「はあ？　それで？」

八重子は担任が言っている意味がわからず、聞きただした。

「ちょっと異常な絵だと思い、園長先生に見せました」

そこで園長先生が「ご家庭で、お子さんのお困りの行動はありませんか」と尋ねた。

「ただ、悪さをするだけで特に……。元気ではあるのですが……」

八重子はそう答えるしかなかった。

「どこか精神的に不安定になったりしませんか。忙しくて、あまり構ってやれないことはありませんか」

担任が代わって尋ねた。

「大声を出したり、泣き叫んだりすることはありません。兄は『家なき子』のような悲しい話を読んで聞かせると、涙ぐむことはありますが、この子はヘラヘラして泣くことはありません」

「ご心配ですね。情緒の育ちが？」

「ああ、そういえば涙ぐむこともあります。力道山がプロレスで負けそうなときなど。でも、親としてはそこまで心配はしていないのですが……」

そんなやりとりをした後、最後に園長先生から、「今後注意して息子さんの行動を見ていてください。なにか心配なことがあったらお知らせください」と言われた。

暗に母親の愛情が不足しているのではないかという感じを匂わせた話し合いであった。

帰宅した八重子は、あまりに変な絵だったので、何を描いたのか剛衛に尋ねた。

「幼稚園で海の消防船の映写会があったとさ。すごかったとよ。ガンガン燃えとる船と消防船と炎を描いとったら、いつの間にか真っ赤になったたったたい」

「じゃ、黒い絵は？」

「ああ、あいは川原さん（近所の雑貨店）の店につるされていたカラスたい。羽も体も真っ黒くて光ってて、目も黒かった。死んどっとに生きとるような怖い目やった。そいで夢中になって塗りつぶしたら、真っ黒になったったたい」

真っ黒い絵のどこが悪いのかと言わんばかりだった。

八重子は、隣に住む学芸大学の学生が美術専攻だったので、ときどき絵を見てもらえないかと頼んだ。剛衛は、絵を描きに行く日になると決まって腹痛を訴えて布団に潜り込んだ。そのくせ、その学生がバッテリーの電流を溝に流して、カエルを感電させていると聞くと、面白がって布団から飛び出していった。

学生がバッテリーから電流を溝に流すと、溝にいたカエルがその四肢をビュンと伸ばす。感電のため失神して四肢が弛緩したのだろうが、しばらくすると、また四肢は元に戻る。これを学生が繰り返し行った。剛衛はゲラゲラ笑って、またしてほしいと学生にせがむのだった。

例の二枚の絵については後日談がある。長崎大学の児童心理学の教授が、この二枚の絵を教材として使っていた。

「こんな絵を描く子がいる。絵を見て、その子の精神状態や病理が分かることがある。不安を抱えている子や親に構ってもらえない子かもしれない」と大学の講義で長年使ってきたというのだ。

その講義を受けて、二枚の絵のことが強く印象に残ったある女子学生がいた。彼女は卒業した後、教職についた。ところがたまたまその職場で働いていた剛衛自身と偶然にも結ばれることになり、結婚後の話で、この絵のことが分かった。ということは、この二枚の絵は教材として十五年以上にわたって使われていたことになる。二人はその事実にびっくりし、笑い合った。

そんな剛衛ではあるが、と言うよりむしろ、そんな性格だからこそと言った方がいいのか、幼少の頃、よく怪我をし、大病を患った。

前述した左手の火傷。西町の竹藪《たけやぶ》で竹の切り株を踏み、その切り株が右足の裏から甲まで貫通した怪我。五寸釘を踏んづけて、今度は左足を貫通した怪我。石けりをしていて、右足首を脱臼し痛さで歩けなくなったこともあった。

その時は医者から、「よっぽど強く蹴っていたのでしょう」と言われた。

当時の治療法は今では考えられないくらい乱暴で、剛衛の体を親が押さえつけ、医者が足を思いきり引っ張って、脱臼を戻すというものだった。激痛が走り、まるで拷問にかけられたかのような治療だった。

十歳の時、剛衛は肋膜炎《ろくまくえん》に罹り、ひと夏を寝込んで過ごした。風邪をよくひき、風邪から肺炎になって、高熱を出すことが多かった。度重なる発熱の経験があったためか、高熱でも寝込むことは少なく、熱はわりと平気な剛衛であった。

ただ、最も八重子たちが心配した熱病は、剛衛が三歳の時であった。

三十八度から九度、四十度近くの熱が続き、病院に行っても治らず、熱が引かなかった。病院を数件変えても熱はいっこうに下がらず、八重子はついに神頼みに走った。近くで評判の「〇〇教」を訪ねたのである。

八重子からの訴えを聞いていた教祖様は、「家の床下に原爆で亡くなった浮かばれない子供の骨がある。一度床下を浚《さら》ってみるとよい。骨が出てきたら、かまぼこ板でも構わないから『無縁仏』と墨書きして毎日水をあげるとよい」と告げられた。

半信半疑で床下を尚が浚ったが、骨は出なかった。少しの土くれをとって祀り、かまぼこ板でお位牌を作って供養した。すると、不思議なことに、翌日から剛衛の熱は下がった。お告げが効いたのか、ちょうど治る時期であったのかは分からないが、お位牌は剛衛が成人するまで祀ってあった。

こうした、原爆にまつわる話は身辺にいくつかあった。これは、そのうちの一つである。

原爆にまつわる話といえば、こういうこともあった。質屋の同業者で、浜口町で営業していた岡本質店があった。その主人が毎日夜中になるとうなされて、びっしょりと汗をかいて目が覚めることが続いた。苦しそうなうめき声をあげて目覚めることもあった。

ある夜、また同じようにうなされて目を覚ました。暗い部屋で汗を拭きながら主人はふと天井を見上げた。すると天井には何人もの苦しそうな目があり、こちらをにらんでいた。主人はぎょっとした。翌日、御祓《おはら》いをしてもらうと、そうした現象はなくなったそうである。

考えてみれば、浜口辺りは爆心地に近く、原爆で多くの人々が亡くなったと思われる。大橋町も同様である。林田質屋のすぐ近くから原爆の救援列車が出ていたという地である。周りはほとんど湿地帯。多くの人が水を欲しがりながら亡くなっていたであろうというのは想像に難くない。

東日本大震災での福島原発の事故により避難地区に指定されていた地域が、最近になってようやく避難解除が出たり、いまだに解除されず、住民が元に戻れない地域もあったりしている。事故から十年たっても、そんな状態である。

尚と八重子夫婦が大橋町に林田質店を開業したのは、終戦後まだ八年目のことであった。

その後、黒い雨の検証を行うという最近のニュースがあり、爆心地から同心円を描いて三キロ地点くらいまで調べるという。林田質店は、爆心地から一キロ余りのところであった。

またまた剛衛の話になるが、こうした剛衛の怪我や大病や高熱やいたずらに手を焼いていた八重子が、一番あきれ果てたのは電車事件であった。

その頃の大橋町一帯は開発が進んで街の様子も随分と変わっていた。車線を挟んで北側の交差点の角から、鐘ヶ江理容店、民家、林田質店、中島外科病院、中山洋行などの店ができていた。鐘ヶ江理容店から西に行くと、内田氏の家があり、その先には県営アパートが建っていた。さらにその先は川、川の先は国鉄の線路だった。鐘ヶ江理容店から電車道路を挟んで向かいの東側には、県の土木事務所とアパートができていた。南側は、川原商店を角に、ノアールという洋装店があった（このノアールに務めていた従業員、喜久子さんは、後に庄太郎の四男である星太郎と結婚することになる。縁というものは不思議なつながりがある）。川原商店の先は東映の映画館だった。映画館の向かい側は国鉄のアパートがあった。

事件は、鐘ヶ江理容店のすぐ前の路面電車が通っている道路で起きた。

腕白盛りの剛衛が、高い塀から飛び降りて見せたり、泥水にも平気でしゃがんだりして豪傑ぶるので、近所の子が剛衛に向かって言った。

「お前、偉そうにしとるばってん、電車を止めきれるか。できんやろが」

「でくっさ！」

そう叫ぶやいなや、剛衛は近くにあった石、それも両手で一抱えもあるような石を抱えてきて、電車の線路に置いてしまった。

夏の夜、悪童たちは皆、固唾《かたず》を飲んで電車を待った。電車が近づいてきた。スピードを落とす気配はなかった。今、路面電車はワンマンで運行されているが、当時は運転手と車掌が乗っていた。電車は交差点を過ぎたところで大音響とともに止まった。辺りは騒然となった。車掌が飛び降りてきてどなった。

「誰がした！」

はやしたてていた子供たちは、一斉に剛衛を指さした。車掌につかまる前に、剛衛は逃げ出した。しかも実家ではなく、近所の内田氏の家に逃げ込んだ。自分の家に戻ると親からひどく叱られるのが怖くて、他人の家に逃げ込んだのだ。そこで車掌につかまり、剛衛の住まいや保護者のことを、車掌は内田氏から聞き出した。

翌日、長崎電気軌道会社の人が二人、尚と八重子を訪ねてきた。電車会社の人が何の用で訪ねてきたのかと訝《いぶか》った。一人は上役のようで、もう一人は止められた電車の車掌だった。件《くだん》の石を風呂敷包みに丁寧にくるんで持参していた。車掌が風呂敷包みを恭《うやうや》しく広げて見せ、前日の出来事を尚と八重子に説明した。

「たまたま、大きな事故にならなくて済んだので良かったですが、脱線したり転覆したりしたら、沢山の怪我人が出たかもしれません。今回のことは警察沙汰にはしませんが、こんなことがないように、保護者として厳重に注意してください」

そんなことがあったとはつゆ知らず、尚と八重子は恥ずかしいやらあきれるやらで、平身低頭するばかりであった。

ある時、剛衛は空になった金魚鉢を見つけた。鉢に水はなく、白い小石が鉢の半分くらいまで入っていた。その石の上に、八重子は唐辛子を干していた。剛衛はこの石を持ち出し、裏のアパートの地下に行った。暗闇で火打ち石にして石をこすり合わせ火花を見て遊んだ。夢中で遊んでいるうちに目が痛みだした。石を持つ指で目をこすったためだった。剛衛には、唐辛子がしみ込んで目が痛くなったことが分からなかった。泣き出しそうな顔をして帰ってきた。

「お母さん、目が痛か」

八重子は手に持っていた石を見て、その理由がすぐに分かった。

「お前が悪いから、罰《ばち》が当たったんだ」

「罰ってなん？」

「悪いことばかりするから仏様の罰が当たった。もう治らん。治したければ心を入れ替えて、日蓮さんに謝るしかなか」

剛衛は仏壇を置いてある帳場にとんで行き、泣きながら「ごめんなさい！」と日蓮さんに何度も謝った。

剛衛は母親には内緒で、仏壇の日蓮上人像の頭を一度だけ撫《な》でたことがあった。像は何もしなかったが目が合い、睨ま

れたと思った。とても怖かった。そのことを思いだし、本当に罰が当たったと思い込んで、こんなに怖いことがあるのかと震えた。

剛衛は仏壇に手を合わせては謝り、立ち上がっては「目が痛い」と走りまわる。これを交互に繰り返し、いつしか眠ってしまった。

八重子はおかしくて笑いを堪えるのに苦労した。

悪さばかりする剛衛は辰年生まれ。父庄太郎は男の子の龍（辰）や虎生まれが好きだった。庄太郎は八重子が小さいときから、よく龍の話をしていたので、八重子はいつしか龍が心に残るようになっていた。

剛衛が龍（辰）年生まれなのも何かの縁。何とか一人前の男に、父庄太郎に恥じないような子に育ってほしいと願った。

この日を境に剛衛の悪さが少しずつだが収まってきた。

八重子は、剛衛や益興に台湾での話や戦後の体験を話して聞かせるようになった。剛衛も益興も八重子の話をわくわくしながら聞くようになっていた。

その四　富山商店で

富山商店に住み込みで働き始めた庄太郎は、商店の在り方、商売のノウハウを全て学んでやろうと思った。商品の仕入れ、在庫の管理、仕入れ先と販売先の開発、経理の仕方、お客への対応等である。また台湾での人の動きや、台北の地理を頭に入れようと思った。

庄太郎は毎朝、店の主人や従業員が起き出す前に起床し、庭や店の前の掃除に水撒きを済ませると、一人で外に出た。大きな樹木や町の様子や生活の匂いを感じながら城内を一筋ずつ観察し、官公庁や病院、市場や公園、ビル、電話会社などの場所を調べた。また日中の人の流れなどを想像しながら、早朝の街の様子と比べて見ていた。そうやって、毎朝早歩きで散歩してから店に戻った。

台湾は静岡とは違い、街路樹は南国風であった。紫の水黄皮《すいこうひ》、夾竹桃《きょうちくとう》に似た赤い花のミフクラギユウカリ、白千層《はくせんそう》といった色とりどりの花や見たことのない変わった形の葉に気付いた。

庄太郎の目を和《なご》ませてくれた街路樹や、植栽を含めた地理を頭に入れながら、道の凸凹や勾配、空気の流れ、鳥の声などを感じた。そして、毎日のように新しい発見を持って店に戻った。

蒸し暑い、常夏の台湾ではあるが、朝夕は過ごしやすい。この朝の習慣は在台中ずっと続いた。このことによって生きていく上での多くのヒントを得た。

「早起きは三文の得」とはよく言ったものだと、庄太郎はいつも思っていた。

富山商店での朝が始まった。一同揃っての朝食は、主人たち家族が一段高いところで摂り、従業員たちはその下の板張りで摂った。

従業員はさっと食事を済ませて店に出た。従業員の仕事はさまざまだった。店で商品を並べながら道行く人や店を眺めている人に会釈をする者。顔見知りを見たら店に招き入れて商品の説明をする者。在庫の品を点検して少ないものや売れ筋のものを仕入れに行く者。帳簿をつけたり確認したりする者。官公庁や旅館などに外売りをする者など、さまざまな仕事に分かれていた。

富山商店は雑貨商で、食品から歯磨き粉や束子《たわし》等の日用品、煙草などの嗜好品などなんでも取り扱っていた。番頭さんが商品毎に手際よく役割を差配していく。庄太郎の仕事は、店の商品や値段を覚えることから始まった。次に、在庫の品を言われるままに倉庫から運んだり店に並べたりした。

覚えがよく、ちょこまかと動くので、すぐに可愛がられるようになった。

一、二か月経つ頃には、もう外回りにも連れて行かれるようになった。異例の早さだった。毎朝城内を見て回っていることもあって、立ち寄る先で「そこの色の黒い小僧さんは、毎朝城内を歩いている人だね」と言われることもあった。

「何をしているのかね?」と聞かれることもあり、そんなときは正直に「台湾に出てきて日が浅いので、城内の道や人々を見ているのです」と答えた。

「それで、何か気付くことがあったかね？」

「はい、いろいろあります。まず郷里の静岡とは街路樹が違います。道の幅や家の造りが違います。煉瓦を使った大きな建物が増えてきています。そういうところでは、いろいろ必要なものが売れそうだと思いました」

「ほう、なかなか目の付け所がいいね。見どころがある。いい商売人に育ちそうだね」などと言われたこともあった。

庄太郎は店を閉めた後、早く商品や値段を覚えようと在庫を保管している裏の倉庫に行った。倉庫内に並べてある品物を見てまわりながら、「これは今日売れたものか」「これは店先に並んであるのを見たことがないなあ」などとつぶやいていた。

こんな庄太郎の行動に気付いた者がいた。店の主人である。主人は番頭を呼んで、「今度入った庄太郎はよく動く。このところ店を閉めた後、倉庫に行って何かしているようだ。間違いはないと思うが、ときどき気付いたら注意して見ていておくれ」と伝えた。


倉庫に行く習慣がしばらく続いたあるとき、庄太郎は思い切って在庫品の並べ替えをしてみようと思い立った。

「売れ筋で並べ替えるか、値段の高い低いで並べ替えるか。待てよ、勝手に並べ替えたら叱られるかな。他の店員さんが困るかな」

商品を手に取って考えていると、「何をしている？」と番頭がやってきて言った。

「店じまいの後、いつも倉庫に行っているようだが、何をしているのかね」

「ああ、知っていましたか。早く商品の名や値段を覚えようと思いまして。毎日行っているうちに、在庫の並べ替えをして、みんなが動きやすいように売れ筋を手前にしようかと思いついたので、どうしようかと考えていました」

番頭には、庄太郎が何か良からぬことでもしているのではないかという思いもあり、庄太郎の行動には半信半疑であったが、この返答を聞き安心した。同時に庄太郎を鍛えてやろうかと思った。

「以前と売れ筋が変わってきているから、お前の好きなように並べ替えても良い。ただし、みんなに分かるように、一つ一つの棚に品物名と値付けを書いた札を張り付けるのが条件だ。やってみるか。今日はもう遅いので明日にしなさい。明日まで、どうしたら一番いいか考えておきなさい」

番頭はそう言うと、少し間を置いて、

「いろいろな考えが入ったら時間がかかるから、誰にも相談せず、一人で考えて、明日一日だけやりなさい。やれるかな」と付け加えた。

「はい、ありがとうございます」

庄太郎は弾んだ声で応えた。

番頭は、このことを主人に報告した。主人は番頭から報告を聞くと、

「そうか、なかなか面白いな。いい商売人になるかもしれんな。番頭さん、鍛えるのは任せるが決してつぶさないように注意することを忘れないでな」と言った。

主人は同じ商売の仲間から庄太郎の朝の行動を聞いていたので、庄太郎に秘かに期待していた。

次の朝、店を開ける前に番頭は従業員全員を集めて言った。

「みんな、聞いてくれ。裏の倉庫の品の並べ替えをする」

場がざわついた。朝から開店前に、新たな仕事が増えるのではないかと思ったからだ。

番頭は続けた。

「みんなが動きやすいように、効率的に品物を並べ替える。ただ、これまでと違うところになって、品物を探すのに手間取ってしまっては元も子もない。それで、棚に品物名と値札を分かりやすいように張る」

さらに場がざわついて、「今からやるんですか？」とか「誰がやるんですか？」と口に出す者が出た。

番頭はにやりと笑って言った。

「庄太郎一人にやってもらう。今日一日だけでやらせる。お前たちは品物の並べ替えが終わって、不便に感じたことがあったら儂《わし》に報告するように。いいな」

そして開店を告げ、みんなを持ち場に付かせた。

その日、一日が終わった。庄太郎には長い一日だったが、値札を貼りながら「商品の値を時季によっては見直した方がいいのではないか」とか「薄利多売でいいもの、高値を付けても売れるもの、売れているものでも古くなっているもの、長く倉庫に置かれているもの」など次々と発見があり、充実した時間を過ごした。それでも一人での並べ替え作業は大変であった。


翌朝、すっきりとした倉庫の棚を見て、みんなはびっくりした。売れ筋の品が倉庫の手前から並んであり、重い物は下の棚で手前に置かれ、四段ある棚の並びに沿って、台所で使うもの、その他の日用品、金物類というように分類されていた。

棚に貼られている札は商品のラベルを切り取ったものが多くて分かりやすく、ラベルには売値が書かれてあるものもあった。庄太郎が商品と値段を覚えるために店に来て、店で使ってあるものを丁寧に剥がしてとっておいたものだった。新たに書いたのは数枚の値札くらいだった。その値札にも、仕入れ値↓売値↓（割り引くことができる値）が色分けして書かれていた。

「この括弧書きの値は何だ？」

番頭が庄太郎に訊いた。

「はい、これは沢山買ってくれたお客さんとかお得意さんに対して、私がここまでは割り引いて売ってもいいのでないかと考えた値です。ただ、番頭さんと相談しないと書けないので括弧書きにしておきました。昨日一日では相談する暇がなかったものですから」

「面白い。よく考えたな。後で値段をよく見てみよう」

倉庫の真ん中あたりにテーブルがあり、雑多な品ではあるが整然と並べてある場所があった。

「あれはなんのつもりだ。日用品とか台所の品とか、いろいろ混ざったものが置かれているぞ」

「はい、あれは古くなって売れないだろうと思う品です。でも、ちょっと傷があったり色落ちしたりしているだけで十分使えます」

二人のそんなやりとりを聞いていたほかの使用人が、「大安売りで売ったり、おまけに付けたりすると喜ばれるのでは」と声を上げた。

「はい、そう思って、みんなに目立つところに置きました」

と庄太郎は付け加えた。

これからの商売に展望がみんなに見えたのか、倉庫の中が活気づいたように見えた。全員が集まっただけで周りの温度は上がるが、そればかりでない熱気をみんなは感じていた。

この日を境に、店の者は庄太郎に一目置くようになった。庄太郎も値付けをしたことや商品の並べ替えをしたことで、多くの商品の特徴などが頭に入った。これに毎朝の散歩での気付きが加わった。毎朝歩きながら「これは売れそうだ」とか「この通りでは、こんなものが役に立ちそうだ」とか、さまざまなアイデアが浮かぶようになった。

数日経ったある日のこと、庄太郎は番頭さんに行商をしたいと申し出た。まだ店に来て日が浅く、一年にも満たない頃だった。

また庄太郎か。今度は何をしたいと言いだすのかと思ったら、この暑い台湾で天秤棒を担いで行商だと。見込みはありそうな新入りだが、ここらで少しからかってやろうかという気になった。そこで、

「一人で天秤棒を担いでいくなら認めてやろう。ただし、八割がた売れるまでは店に戻ってこないように。それでいいなら行ってもいいぞ」と言った。きっと数日で、下手をすると一日で音《ね》を上げて戻ってくるに違いないと番頭はふんだ。

「ありがとうございます」

庄太郎は礼を言うと、さっそく売れ残りの品、売れそうな品、目を引く品、食料品を物色し始めた。その様子を見ていた番頭は、品物選びが手際よいのは、倉庫の並べ替えが役に立ったのだろうと思った。さらに品揃えを見て、こいつはなかなか使えそうだなあと思った。

庄太郎は商品を大きな籠いっぱいに入れ、天秤棒を両肩で担ぎ店を出発した。

番頭はその籠を見て、こんなに売れるわけがない。思惑通り音を上げることは間違いないと確信した。

庄太郎にとっては初めての行商であった。人前で声を出すのも初めてであった。しかも相談

できる相棒がいるわけでもない。たった一人での商売であった。不安ではあったが、売値の下限さえ守れば自由であったので、自分の才覚だけで自由に商売ができる嬉しさの方が上回った。

また毎朝の観察で、ここらは日差しが強そうだ、ここらには近くに商店がなさそうだ、ここは工事が始まったばかりで土埃《つちぼこり》が立つところだ、などといった目星をつけていた。

庄太郎の行商は、最初こそなんだろうと訝《いぶか》しがられたが、しばらくすると物珍しさも手伝ってか、徐々に商品が売れ始めた。庄太郎自身も声が出始め勇気も湧いてきた。

朝の散歩が役に立ち、効率よく路地を回ることができた。それでも、籠の中の品物をほぼ売りつくすには三時過ぎまでかかった。六時間余り立ちっ放しの行商だった。少し疲労を覚えながら店に戻った。

番頭は空の籠とその日の売り上げを見て、目を見張った。音を上げて戻ってくるだろうという思惑が外れた。

「最初にしては上出来だ。物珍しさで売れたのだろう。明日からはそう簡単には売れないだろう」

「番頭さん、天秤棒を担いでの行商では沢山の商品は売れません。明日からは荷車で行商をしたいのですが、よろしいでしょうか」

番頭は驚いたが、「やってみるがよい」と許可した。

こうして、庄太郎の荷車を引く行商が始まった。荷車だと商品を沢山積むことができるだけでなく、積んだ商品が外から一目で見える。つまり商品のディスプレイを兼ねることができた。また疲れたら腰をおろすこともでき、一石三鳥だった。

この、行商というスタイルは、庄太郎の商才に大いに寄与することになった。まず度胸がついた。見知らぬ人にも話しかけることができるようになり、店にいては分からない、市中の人々が欲しがるものがよく分かった。今で言う、マーケティングリサーチである。

さらに、町の造りによって人の流れに違いがあることに気付くようになった。

人の流れによって、目につきやすい場所、つきにくい場所があり、その場所に応じた店の違いがある。また同じような立地条件でも、繁盛している店、廃《すた》れていく店があるのに気付いた。店の内情までは分からないが、元気のある声が外にも聞こえてくる勢いのある店とそうではない店は、経営方針だけではなく、気の流れのようなものが関係しているのではないかと思うようになった。

そして、気が沈んでいるように感じた店は「長く持たないのでは」とか、気の勢いを感じた店は「ここはもっと発展するのでは」などと予想するようになった。

庄太郎は、幼い頃からこうした第六感のようなものがよく働く子であった。

朝の散歩のときにも、つぶれてはすぐに店舗が変わったり経営者が代わったりするところが目についた。行商と毎朝の散歩で、気の流れのようなものを感じることがあった。そして店の経営の実態は分からないけれど、何かしら多くの人の妬《ねた》みや恨《うら》みといった思いが集まりやすい場所、たまりやすい場所を感じるようになっていった。

例えば十字路を構成する四か所の角のうち、どこか一か所は廃《すた》れていくことが多いと感じた。三叉路《さんさろ》の頂点に当たる場所の多くも、長く続かない店が多かった。今で言う風水である（もともと城内は風水によって作られている。台湾は風水の国でもある）。こういう場所には店を構えてはいけない、こういう場所が店としてふさわしい、といった感覚が自ずと備わるようになった。

店や住まいは大丈夫だろうか、大きな構えではあるが維持費はどれくらいかかるだろう、風が吹き抜けていかず澱《よど》むのではないか、といった目で街を歩いているうちに身についていった感覚である。

十字路でも三叉路でもうまくいっているところもあった。そういうところは気の集まりをうまくずらしていたり、公共に供する建物であったりすることにも気づいた。

後に、八重子を含めた子供たちを前に、「歩くときは龍になった気分で歩けばいい」と語ったことがあるが、それは道を歩いているときに気を感じて、庄太郎自身が「龍になったような気分になる」ことを経験していたからだった。

龍が長い胴体をうねらせながら進むとき、背中の大《おお》きな鱗《うろこ》がぶつかるようなところや、龍が思わず潜っていきそうなところが「気を発しているところだ」と感じた。その中で、良い気と悪い気を感じるようになった。

八重子が「店を構えてはいけない場所は、どうすればいいの？　失敗しないで、泣く人が出ないようにするための、いい方法はないの？」と訊くと、「そういう場所には、官公庁や消防署などの公共の建物を建てるのが一番良いのだが」と答えていた。

数日後、庄太郎は二筋向こうで工事をしているところに目を付けた。番頭に、果物やおやつになるものを売ってきていいかと訊いた。番頭は、庄太郎の行商の成果が上がっていることもあり、任せてみようと思った。

庄太郎は荷車いっぱいに店先にある果物を積んだ。竜眼、百香果（パッションフルーツ）、火龍果（ドラゴンフルーツ）、釈迦頭（バンレイシ）などの果物と、ナイフとスプーンをひとつかみ握りしめ、これも荷車に積んで一人で出かけた。もちろん、店から果物は全部なくなっていた。

店としても、鮮度が落ちる前に売れてしまえば大助かりだ。

しかし、それにしてもあれだけの量の果物（火龍果などは小型犬の頭ほどある）をどうやって売るのだろうか。一つ二つは売れても、大方持ち帰るのではと番頭は思った。

庄太郎は荷車を工事現場の横につけた。汗だくで働いている人夫の前で、ナイフを取り出して龍眼を剥《む》き始めた。またスプーンも並べ始めた。実践販売である。人夫たちは、思わずこの荷車を引いてきた男の動きと荷車の荷物に目を止めた。

「何をしている？」

人夫の親方と思《おぼ》しき男が近づいてきて庄太郎に訊いた。

「毎日暑い中、大変でしょう。そろそろ休憩にしませんか。果物に、やかんに入れてきたお茶と少しばかりのお菓子を持ってきました。私が剥いて並べるので一ついかがですか」

庄太郎はにこやかに応じた。

こうした物売りの仕方が珍しかったのか、工事でちょうど一息ついたところだったのか、男は周りに声をかけて工事の手を休ませた。庄太郎の目論見《もくろみ》は思いの外うまくいった。

鮮度が落ちてすぐに売れなくなる果物も含め、店にあった果物のほとんどが売り切れた。ちょっとした駄菓子のようなものも、ついでに売ったりおまけにつけたりした。ここでも、商品の並べ替えをしたことで身に付いた商品の価値に対する感覚が大いに役立った。

庄太郎は、買った人も売った側も納得し、商品にすら喜ばれるようなやり方が一番いい。商売は金銭のやりとりをしているだけでなく、気持ちのやりとりをしている。お金を払った人が喜ぶような商売をしないといけないと思うようになっていた。行商を通して、そういうことを知らず知らずのうちに学んでいた。

この行商で、工事現場の人たちや、その周辺を通る通行人たちから喜ばれ、かなりの売り上げを上げた。

店に戻り、庄太郎は番頭に売り上げを報告した。店から大いに喜ばれ、番頭もほかの店員たちも庄太郎の力を認めていった。

こうした行商スタイルで、庄太郎は「商売は足で稼ぐものだ」という信念を強くしていった。じっとしていては何も始まらない。思いたったら吉日。思いが浮かんだら、まずやってみて、駄目なら次の工夫をすればよい。それでもだめなら元に戻れば良いだけである。同じことを繰り返すのは楽である。しかし、何か新しいことに取り組んだら、取り組んだだけ経験が増え、諦めずに逃げなかった心が強くなり鍛えられる。その、鍛えられた心と経験が、さらに次の新しいことに挑戦できる一歩につながる。そのことが商売を大きくするには大切だと思った。失敗しても逃げなかったことと、経験したことは次のステップに必ず活きてくる。そう信じるようになっていった。

荷車での外売りは何度か続き、ほとんどうまくいった。そのことで庄太郎は店の仕入れの意見を求められたり、店の中での販売を任せられたりするようになった。また、外商で庄太郎に一目置く人も少しずつ増えていった。

庄太郎は外売りのときは、いくつかの日用品も持っていき、せっけんや束子等を合わせて売ったり、サービスで付けたりした。客の側からも、次に来るときはカミソリやせっけんや履物など、足りなくなったものを庄太郎に注文するようになった。注文をされると、ついでではなく、その日の内か翌日には商品を届けた。この素早い動きは相手に大いに喜ばれた。

庄太郎の信用と名声は徐々にではあるが上がっていった。富山商店の売り上げが伸びていくと、庄太郎の店での地位も上がっていった。

庄太郎は自分の給金のうち、日々の必需品の購入に使う以外は、独立の資金として貯金するようにしていた。

こうして五年の年月が流れた。

ある日のこと、店番をしていた庄太郎は何となくおかしな視線を感じた。遠くから店先を見つめているような、鷹が獲物を狙うような視線であった。自分に向けられた視線か、店に向けられた視線かを確かめるため心を鎮めようとした。呼吸を意識した。腹式でゆっくり大きく深く息をした。目は開けているが何も見ないで、それでいて全方向に意識を広げるようにした。

その後もおかしな視線を感じながら店番をしていたが、何度外を見ても誰がこちらを見ているのか、どこからこちらを

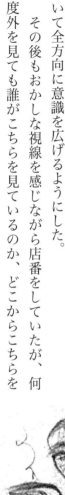

見ているのかがなかなか掴《つか》めなかった。

当時台湾では、日本統治下の元、街の区画整理が進んでいた。建物の一階部分を少し下げて半屋外の騎楼《きろう》という張り出し屋根が増えてきていた。歩行者が雨に濡れずに歩けるようにしたものである。

この騎楼は、毎日のように降るスコール除けにも、暑い日差し除けにもなる。騎楼や柱に隠れているのか、こちらを見ている視線がどこから向けられているのか分からずにいた。

そんなある日、外がにわかに薄暗くなり、あっという間に篠突《しのつ》く雨が降り出した。台湾特有のスコールである。

庄太郎が外の雨空を見上げたとき、さっと人影が走った。

その五　キンテアとの出会い

その人影からニョキッと手が出て、店に並んである食べ物を掴んだ。庄太郎は思わず、「誰だ！」と叫んで、人影を捕まえようとした。

しかし、思いもかけず、人影は逃げようとはせず、騎楼の下にうずくまり、手に取った果物にかぶりついていた。よく見ると、まだうら若いやせた現地人のようであった。あまりに夢中で食べる姿に怒る気にもならず、庄太郎はただ眺めているだけであった。

「どうしたんだい？」

店の奥から番頭が出てきて言った。番頭は若者を見つけ、いやな顔をして、

「ほれ、その果物はやるから、さっさとどこかに行きなさい」と告げた。

庄太郎は台湾に着いたときの自分の空腹を思い出し、

「番頭さん、私の給金で何か食べさせたいのですが……」と言うと、

「仕方がない。構わないけど店の前では都合が悪い」と言って、奥の人目のつかないところを目で示した。庄太郎はその若者を奥に連れて行き、

「今は腹の足しになるものがないので、これでも食べておくかい」

と言って、お茶やちょっとしたお菓子を差し出した。

若者は叩き出されることもなく奥に連れて行かれたので、初めはどうかされるのではないか

と警戒していた。しかし、思いもかけない庄太郎の柔らかな言葉に安心したのか、すぐに菓子を平らげ、お茶を一気に飲み干した。

庄太郎は若者に、どこから来たのか、なぜここに来たのか、名前は何というのかなど、いろいろと日本語で尋ねた。しかし日本語は通じず、若者は答えなかった。庄太郎は自分を指さして、「庄太郎、庄太郎」と何度も言った後、相手を指さすと「キンテア」と答えた。どうやらジェスチャーが通じたらしい。若者の名前はキンテアということが分かった。

これがキンテアとの出会いであった。

庄太郎はこのキンテアが好ましい若者に見えた。また、これから台湾で生きていく上で長く関わり合い、自分の助けになるような気がしてならなかった。

番頭に、キンテアを店で一緒に働かせたいと申し入れたが、番頭は即座に「土匪《どひ》ではないか」と拒絶した

「何とかなりませんか」

なおも庄太郎は食い下がった。

キンテアは不思議そうな顔をして、二人のやりとりを見ていた。どちらも引かず押し問答をしているように見えた。

その時、騒ぎを聞きつけたのか、店の奥から主人が出てきた。事情を番頭から聴いた主人は庄太郎に、「ならば、お前の給金で雇いなさい。お前の下働きで雇うなら店に置いてやっても

良い。ただし、何かあったら責任はお前が取るのだよ」と言った。

庄太郎が稼ぎ頭であり、その商才を認めていたからの決断だった。

庄太郎は喜んで承諾した。

この時から庄太郎とキンテアはコンビのようになった。お互いが陰になり、日向になって、よく働くようになった。庄太郎はキンテアから台湾語を、キンテアは庄太郎から日本語の読み書きと算盤《そろばん》を習った。また、キンテアは庄太郎を日本人があまり出向かない台湾人向けの場所によく連れていって案内した。

キンテアの食《く》い扶持《ぶち》は庄太郎の給金から差し引かれた。残ったのが庄太郎の給金である。給金はほぼ半減してしまった。台湾で一旗揚げるという夢からすれば、誰が考えても割に合わない勘定であった。それでも良いと思った。これから良いことがあるような気がしてならなかったからだ。

キンテアは、助けてもらった上に衣食住まで見てもらっていることに感謝し、庄太郎への恩をますます深く感じるようになっていった。

キンテアが店に来た翌日から、片言の日本語とジェスチャーでの二人の生活が始まった。店では、これまでと同じように働かなくてはならない。庄太郎は朝の城内の見回りからキンテアを同行させた。庄太郎は樹木や建物や地名などから台湾語を、キンテアは逆に日本語を覚えていった。

キンテアの日本語の上達は早かった。だんだんと日用語を使えるようになり、庄太郎のことを「大将！」と呼ぶようになっていた。キンテアにしてみれば、庄太郎は兄でもあり、父でもあり、これから生きていく上での主人でもあるように思えた。

キンテアと二人組で動くようになって最も変わったのは、行動範囲が広がったことと、台湾語しか通じない現地の人との接触が増えたことであった。特に台湾語での交渉で、なかなか手に入らない品物が購入できるようになったり、台湾人が欲しがるものが分かるようになったことは、庄太郎の外商に大きな力を与えた。

二人で外回りをするとき、キンテアはたびたび城外を指さすようになった。少し顔をしかめながら、いつもより興奮気味に指をさし、最後に右手の手の平を地面に向けた。城外で起きた出来事だろうと庄太郎は思った。キンテアが倒れたということを言っているのかと思ったが、あえて尋ねずにいた。興奮気味で日本語で伝えようとしないキンテアの心を慮《おもんぱか》った。庄太郎は、もしかしたら城外にキンテアの部族がいた場所があり、そこへ戻りたいと言っているのかとも思った。キンテアのただならない様子から、何か大変なことがあったのだろうと推測していた。

こうした二人の関係が続き、言葉が通じるようになっていった。

二人のコンビでの生活が始まってから、既に四年の歳月が流れていた。二人は、すっかり日本語で話が通じるようになっていた。

ある日、キンテアが城外を指さして、

「果物は外に行けばもっと安く手に入る。うまくいけばただで手に入る」と言った。庄太郎は思い切ってキンテアの言う通りに道案内をさせてみた。

思った通り、野生の果物が取れる場所に連れて行かれた。庄太郎は「これはうまくいけばものになるかもしれない。いいチャンスだ」と思った。

だが、この日は何も取らずに店にそのまま戻った。キンテアは何も収穫しないで、今からどうするかも言わない庄太郎を見て不思議そうにしていた。ただ、庄太郎が何かを計画しようとしていることは察した。そんな目つきをしていたので、黙って戻っていった。


庄太郎は、静岡から出てきてからずっと心に秘めていることが、どんどん大きくなり始めていることを感じていた。それは独立の計画であった。キンテアのお陰もあって、ようやく独り立ちできるのではないか、独り立ちをする期《とき》がきたのではないかと思い始めていた。

富山商店での給金にはほとんど手を付けず、こつこつと貯金をしていた庄太郎であった。だが、けちってばかりではなかった。外商のときにつける商品のおまけは自腹を切っていたし、外での付き合いのときには決してけちけちすることのないようにしていた。おまけで使う費用などは、その場で即断した。いちいち店の承諾などとっている暇はなかったからだ。しかも後から店に報告して、その分を請求することもしなかった。その分、店の収入は増えた。

自分の才覚でやったことで給金やキンテアの食い扶持分を減らされても、自分の持ち物や身なりにお金をつぎ込まず、酒や煙草をやらずに慎ましく暮らしていれば、自然とお金は貯まっていった。しかも自分への信用やお得意さんは増えていった。

庄太郎は若くして、お金に対する基本的な考えが出来上がっていた。それは「お金は動くものだ」という考えであり、その動き方は、お金の使い方で決まっていくと考えていた。

お金には生き金と死に金がある。商売人の間ではよく使う言葉である。

これは、お金を使う側が、お金に命を与えるかどうかにかかっている。命を与えられた生きたお金は動きだし、回り回って自分に戻ってくる。それも、使った時よりも二倍にも三倍にもなって戻ってくるときもある。また思いもよらない人を連れてきて、自分と結び付けてくれることもある。ただ、いつ戻ってくるのかは分からないが、必ず良い結果を持って戻ってくる。

それが生き金だ。

死に金は澱《よど》んで動かず、その場所だけで悪貨として小さく回るだけだ。輝くことのない、くすんだお金になる。悪貨は手元に残っても貯まることはなく、身にはつかない。

これが「悪銭身につかず」という意味である。

生きたお金は多くの人を輝かせ、潤し、良い人同士のつながりを生む。そのために心がけておくことは、貯めるときは慎ましく、みみっちくてもこつこつと貯め、使うときは惜しまず使うというものだった。

また自分に対して使うときは、長期間使えるものか短期間で使用してしまうものかをよく考えてから使う。長く使うものはできるだけ良いものを選ぶ。そうした考えで日々を生活していくと、不思議とお金は貯まっていき、また巡って自分のところへ戻ってくる。お金が戻って来るときには、自分の信用も増えてくると庄太郎は考えており、実感もしていた。

お金は使うものであって、お金に使われるものではないとも感じていた。貯めるばかりで使わないと何にもならない。もらったお金の額に目がくらみ、つい不要なものを買ってしまっても駄目だ。自分の「分」以上のものに手を出すことを戒《いまし》めていた。お金から使われると、自分の身を滅ぼしていくことにつながると肝《きも》に銘じていた。

庄太郎はまだ三十前だったが、独立の期は熟したと思っていた。齢《よわい》三十、而立《じりつ》の年であった。

庄太郎はキンテアを伴って、外商ではなく、台湾銀行へ出向いていった。表向きは富山商店の入金の用ではあったが、ついでに独立の資金を借りる算段でもあった。このころ、庄太郎の顔も広くなっており、信用もついてきていた。銀行での用向きは、思い切って土地を購入し、佐野商店の立ち上げ資金を借りることであった。

その六　故郷に錦を

庄太郎が台湾に来てから十年目になった。既に府城を取り囲む城壁は取り壊され、三線道路になっていた。庄太郎は台北駅の南、台湾総督府博物館近くの表町に「佐野商店」を立ち上げることにした。これまで台北の街をつぶさに歩いてきて、「ここだ！」と見極めた場所であった。台湾駅から徒歩で五分とかからず、まさに一等地での旗揚げであった。渡台十年、ついにその夢が叶った。

貯めた自己資金と、台湾銀行からの借り入れで独立資金の目途が立った。庄太郎は、富山商店に独立の旨と、これまでのお世話になったお礼を伝えた。引き留められたが、庄太郎の固い意志は変わらなかった。富山商店の主人は快く認めてくれ、退職金と支度金を含めていくらか包んでくれた。

庄太郎はキンテアに独立の意志を伝え、店を出す場所に案内した。一日も早く店を出したい庄太郎であったが、はやる心を抑えてキンテアに言った。

「ここで店を出すことにした」

「すごいですね。やりましたね」

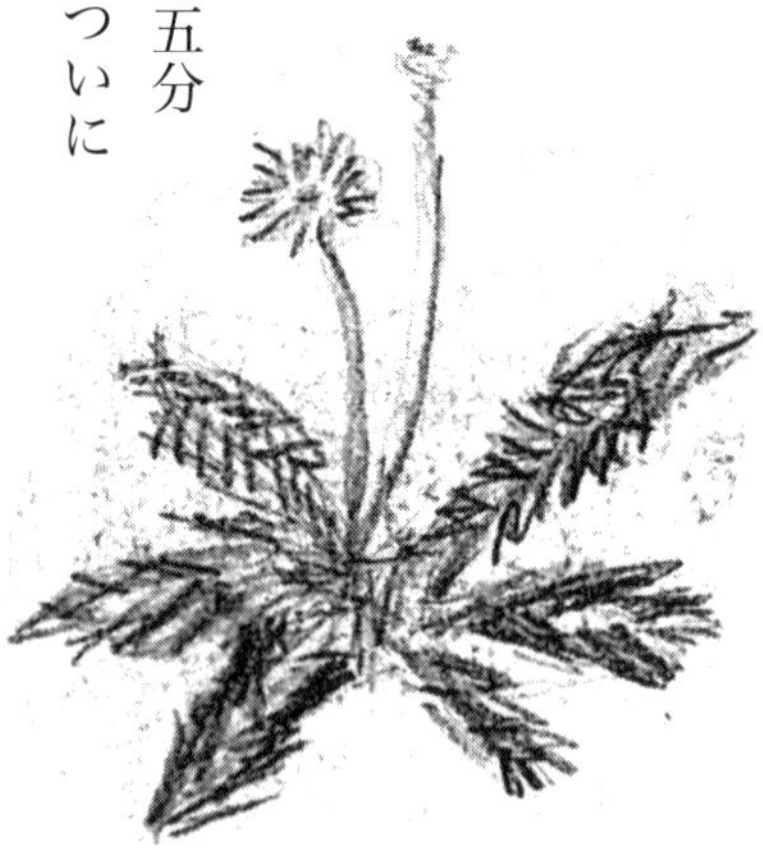

「ただ、店を出す前にしておかなければならないことがある。儂《わし》は少しの間、日本に戻らなければならない。キンテア、儂が戻るまで、どこか住む場所の心あたりはあるか」

「何とかなります。これからも大将と一緒に仕事をさせてもらえますか？」

「お前さえよければ、これからもずっと一緒にやっていきたい。お前の力を貸してほしい」

「ありがとうございます。よろしくお願いします」

キンテアは涙を浮かべて、庄太郎の手を握った。

「儂は日本に行って用事を済ませてくる。必ず十日ほどで戻ってくるから」

そう言って懐に手を入れ、「これで何とかしのいでくれ」と、しばらくの間の生活資金としては十分なお金をキンテアに渡した。

庄太郎の用事とは、故郷の静岡に帰って嫁を貰うことと、一緒に働いてくれる信用のおける者を台湾に連れくることであった。

日本を出てから初めての帰郷であった。まだ故郷へ錦を飾るとまではいかないが、それでも独立した店を持つのだ。凱旋帰国という高揚した気分もあった。故郷を離れるとき反対した皆の顔を見てみたいと思った。

久しぶりに見る故郷の空や海の香り、目に見える景色は南の島台湾とは全く違っていた。昔から慣れ親しんできた景色であるはずだったが、新鮮に思えた。とりわけ富士山を見たときは、胸にこみ上げるものがあった。思えば静岡を立ってから十年になる。あっという間のことであった。

庄太郎は台湾に行ってから、時折ではあるが、実家とは手紙のやり取りをしていた。その中で、嫁の候補を見つけているので帰郷するように促されていた。また庄太郎が渡台した後、佐野家の長男である伝次郎が静岡市で醤油屋を経営し始めたこと。ところがこれからというときに、三十代の若さで死亡したことなども書かれてあった。伝次郎亡き後、佐野家の跡取りは庄太郎になっていた。そのこともあっての帰郷だった。

兄の墓参を済ませた後、庄太郎は日本に帰らず、台湾で店を持つことを実家の者たちに宣言した。次に、家の中をきちんと取りしきってくれるしっかりした嫁を娶《めと》るための帰郷であることも伝えた。

皆を前にして、台湾では運よく富山商店と出合ったこと、行商で実績を上げたこと、台湾人のキンテアと知り合ったことなど、これまでの経緯をかいつまんで話すと、一同は食い入るようにして聞いた。庄太郎は少し誇らしくなった。出発のときあれだけ反対していた親戚一同が大いに褒め称えてくれたからだ。

嫁の話になった。紹介された嫁の名は〝ハナ〟といった。一ノ瀬ハナである。庄太郎より十歳若い二十歳の娘だった。

翌日、庄太郎とハナは初めて顔を合わせた。庄太郎は、親から決められた嫁に異存はなかった。

ハナはハナで、親戚一同が勧めている縁談であるし、台湾で一旗揚げた相手に異存はなく、いやだとも言えなかった。そういう時代であった。

ハナは台湾の地がどんなところか分からず、庄太郎との暮らしがどうなるのかも全く想像ができなかった。庄太郎についていくことだけを考え、他には何も思い浮かばなかった。漠然とした小さな不安はあったが、これが結婚というものかと考えるしかなかった。

急いで結婚式をあげ、親戚の者たちが揃っている席で、庄太郎は「誰か佐野商店の従業員として働いてくれる者はいないか。できたら一緒に働いてほしいと説得した。このうち増太郎叔父は、台湾での働き口に大いに興味を示して二つ返事で承諾した。

庄太郎はハナに「これから台湾に戻って店を立ち上げる。店の場所も決めてある。少し手を入れるだけだから、準備ができたら連絡をする。増太郎たちと一緒に台湾にすぐに来てくれ」と伝え、支度金を置いて台湾に戻った。

慌ただしい駆け足の帰郷だった。静岡に滞在した期間はわずか十日余り、ハナと顔を合わせたのも二日しかなかった。ハナの小さな不安が少しだけ大きくなった。

台湾に戻り、手付金を支払っていた新公園近くの店舗を正式に購入した。手に入れた店は、台北駅からまっすぐ南に降りたところにあった。駅から見て東側には、鉄道ホテル、大每萬伸社、商工商会、華南銀行、住友甘泉堂、台湾新報……、と続く道である。

駅から二つのブロックを過ぎただけで庄太郎の佐野商店である。店からさらに南に下がる

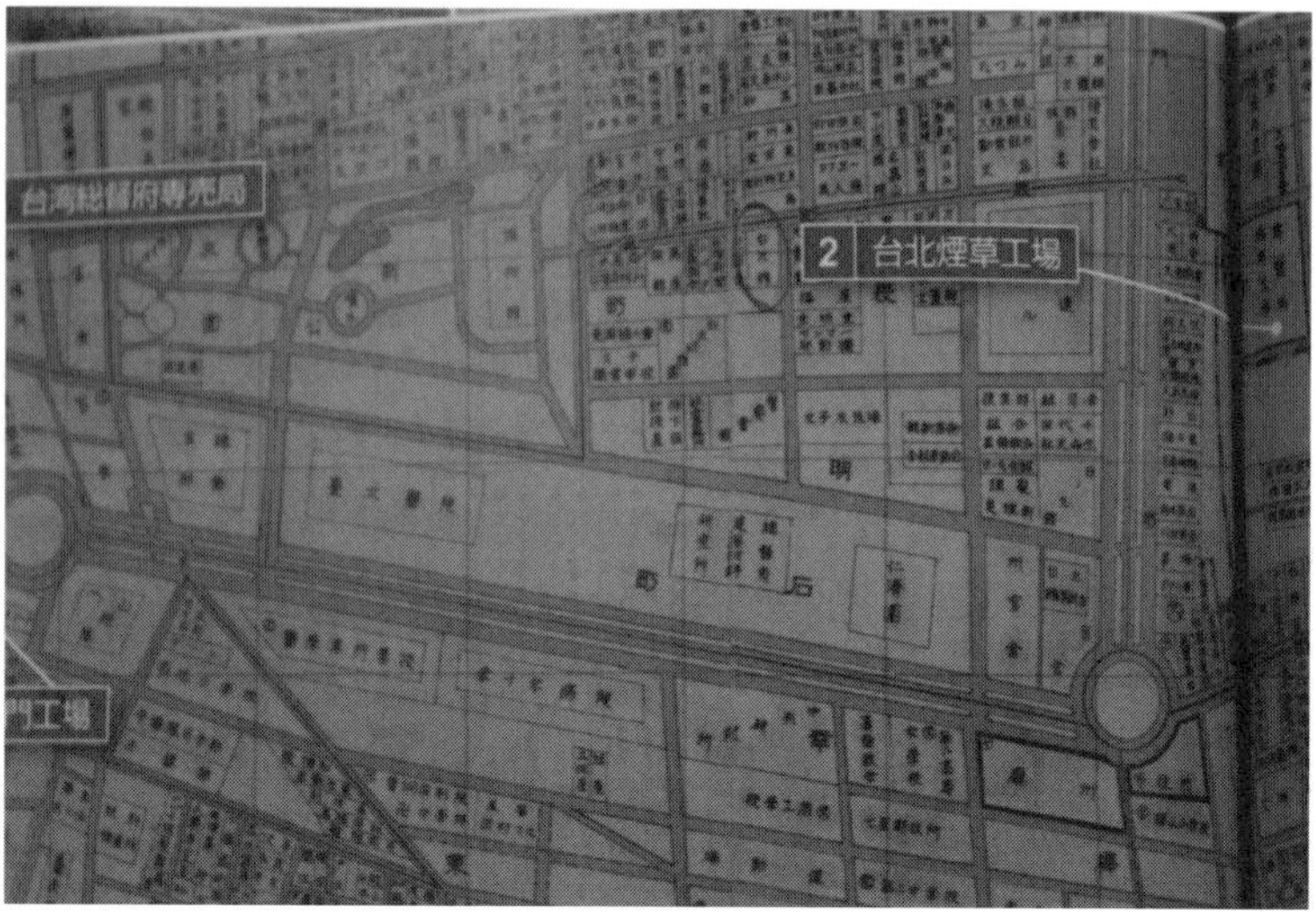

八重子の記述にあった住所を頼りに、台北歴史地図散歩という冊子の古地図を調べた。２～3の地図に台北館が見受けられた。最も台北館という文字が分かる地図を掲載した。ここで最初の店・佐野商店を始めた。

と、出光商会、遠藤写真館、森永販売所などが建ち並び、突き当りが博物館である。西側の道は、駅から日清生命、吾妻旅館、大成火災保険、塚原医院、吉岡倉庫、吉岡商店、安田生命、菊池商会、大崎公司、青島商会、三井物産、三井生命と続き、博物館にぶつかる。雑貨屋である佐野商店の向い側は吉岡商店、はす向かいは、カフェで有名な美人座だった。まさに一等地であった（次に掲げる地図は、この時期より数年後「一九三二年」の地図である。右側を北にしている）。

庄太郎が厳しい顔をして、店の仕入れを含めた今後の計画を練っている時だった。どこから噂を聞いたのか、あの人懐っこいキンテアがやってきた。キンテアが傍らに

佐野商店の写真。八重子の記述も併せて掲載した。朝の6時には全員集合して、庄太郎がその日の計画や訓示等をしていたことや、長男が写っているという記述がある。

いるだけで頼もしく、心強かった。

店が商店として仕上がる頃、日本からハナたちがやってきた。従業員になることを二つ返事で承諾してくれた増太郎叔父だけでなく、他に甥などを含めた四人の男も混じっていた。いずれも親戚である。他に台湾で雇った若者を含め、合計十人の従業員を持つ店主となった庄太郎は「佐野商店」を立ち上げた。

庄太郎の経営は従業員への厳しい指導から始まった。

朝の六時には全員を集合させ、その日の訓示と細かい計画を一人一人に指示した。

全員に対する指示は履物をきちんと揃えることと、店頭や店内の掃除であった。雑巾掛けは細かく指示した。

また、多くの商店で行われていたことであるが、開店前の掃除は掃き入れ、閉店後の掃除は掃き出す掃除の仕方を徹底した。験担《げんかつ》ぎでもあった。これは、お客様が入ってくるように掃き入れ、今日の厄を払うために掃き出すという考え方であった。

雑巾の絞り方は、両方の手の平を上に向け、両方とも逆手に雑巾を握り、内側に絞るというものであった。旅館などや清掃業者などでは当たり前の雑巾の絞り方で「立て握り」とも言われる。順手で上から雑巾を握るのは「横握り」と言われるが、庄太郎は「くそ握り」と言って嫌った。握り方や絞り方で雑巾の絞り具合が大きく変わるため、従業員には徹底的に指導した。

清掃や準備が終わると、やっと朝食である。従業員と店主家族の分け隔てなく、一緒の部屋で、同じ段差で同じものを食べた。ハナもいきなり十数人分の食事を用意しなければならなくなった。しかも食べ盛りの若者も多く、朝夕の忙しさは目が回るほどであった。来台する前の不安を感じている間もなく、ハナは毎日やり繰りに追われた。

事業は殊《こと》の外うまくいった。台湾での十年の経験と、日本人と台湾人の分け隔てのない経営方針が良かったのかもしれない。日本人と台湾人には、仕事に応じて同じ給金を支払い、働きに応じて褒賞金も出した。食事のときは段を同じにして、主人家族と従業員と同じものを食べるようにしたのも、勤労意欲を高めるのに一役かった。富山商店の経験が生きた。

日本人と台湾の若者との間がうまくいったのは、こうした庄太郎のはからいもあったが、日本語が話せて、庄太郎の気持ちを代弁して伝えることのできるキンテアの存在も大きかった。あるとき、台湾人の従業員同士、休息時間に台湾語でしゃべっているところを庄太郎が通りかかった。台湾人たちは、きっと庄太郎が日本語しか分からないだろうと思い、そのまま台湾語で話し続けた。

「ここの大将は少し怖いな」

「あの目で見られるとドキッとする」

「でも、いいことをしたら褒めてくれるし、日本人と区別しないのはいい」

「大将なのにじっとしていないで、よく動く」

「俺たちのことをよく見ているよな」などとしゃべっていた。

何食わぬ顔で黙って聞いていた庄太郎は、

「休憩が終わったら、また仕事に励んでくれ。この目が見ているから」と台湾語で言った。

一同はびっくりした。少し遠くにいたキンテアだけが微笑んでいた。

佐野商店を立ち上げて一年目に、ハナは最初の子をみごもった。庄太郎は、その子のためにももっと精を出して、店を大きく繁盛させなければと考え始めていた。

キンテアが以前、城外を指さして、「果物は外に行けば、もっと安く手に入る。うまくいけばただで手に入る」と言っていたことを庄太郎は覚えていた。そこでキンテアを伴って野生の果物が取れる場所に行くことを計画した。

あのとき何も取らずに引き返したのは、辺りにいやな殺気のようなものを感じていたからだった。キンテアが、何かを恐れるような目をしていたのも気になっていた。

キンテアにその計画を告げると、思いがけない答えが返ってきた。

「実は、私はその近くの部族の出身なのです。あの辺りは縄張り争いが絶えず、いろいろな部族間で殺し合いがありました。あるときの戦闘で私の親兄弟が殺され、私も気絶しました。気が付いたら私だけが生きていました。あてもなくさまよっていたら、富山商店の前にいました。空腹でふらふらしていた私は、思わず食べ物に手を出しました。もう、日本人につかまって殺されてもいいと思っていました。そこで大将に救われたのです」

庄太郎はキンテアが大変な思いをしてきたことを、このとき初めて知った。キンテアも初めて自分の過去を語った。庄太郎は、商店の仕入れのためにもっと店を大きくしたいと考え、思い切ってその場所に行くことにしたのだった。

「今、その場所は安全なのか？」

「分かりません。少しは良くなってきて、闘争も少なくなっているとは思いますが……」

考えてみれば、他の商店や日本人がそうした場所に今でも行きたがらないのは、そういう恐れが未だにあるからであった。庄太郎は賭けてみようと思った。この賭けが、順風満帆であった台湾での最初の危機を迎えることになるとはその時は知る由もなく、チャンスになるとばかり思っていた。店を大きくしたいという思いが強すぎて、焦っていたのかもしれない。

朝から弁当と水筒を持ち、キンテアは背中に大きな籠を背負って、その場所に出かけた。

「急な坂道が多く、歩くのは大変かもしれません」

キンテアが心配して告げた。庄太郎は笑っていた。

キンテアは庄太郎が山歩きに長けていることを知らなかったのだ。が、一緒に歩き始めると、その健脚ぶりがすぐに分かった。さらに、庄太郎が歩くときに体を屈《かが》めたり伸び上がったりしているのに気付いた。

前を見ながら歩くとき、体が上下するのが可笑しくて、

「どうして、ときどき伸び上がったり屈んだりして変な格好をするのですか」と訊いた。

「こうして視線を変えると蜘蛛の巣が見える。蜘蛛が巣を張り直しているところや、壊れた巣が分かる。それによって、この場所をどれくらい前に人が通ったか、獣が通ったかが分かるときがある」と答えた。

他にも路肩の草の倒れ方や道の窪み、窪みにたまる水の深さ、木々の枝の折れ方なども注意して見ていた。枝がただ風雨で折れたのか、人や獣が通って折れたのか、あるいは刃物のような鋭利なもので切られているのかなどを見ながら歩いていた。無論、足跡や動物の毛、糞なども注意深く見ながら歩いた。

目だけではない。耳も澄ませて、聞こえてくる鳥やカエルの鳴き声にも気を配っていた。聞

こえてくる鳴き声が急に途切れたり、警戒音のような甲高い声に変ったりすると、立ち止まって耳を澄ませた。大型の獣や人の集団がいるのかどうか、注意深く辺りの気配を窺った。この人は小さい頃から山歩きに習熟してきたのだろうとキンテアは思った。

注意深く歩き続けているうちに、熱帯の果物がたわわに実る場所に着いた。辺りには甘い香りも漂っていた。道の左側の下ったところに小川が流れていた。道幅は荷車一台が通るほどである。左の川向こうと、右の丘の斜面側にも色とりどりの果実が見えた。

庄太郎は、まずどちらに行くかを考えた。川の方へ行けば、万が一のとき身を隠すところはあった。右側の日当たりのいい斜面の方が果実はたくさんあった。少し逡巡《しゅんじゅん》した。そのとき、二人の前を鮮やかな色の野鳥が右側の斜面から降りてきた。鳥は水場に突き出ている木の枝に留まった。

「ゴシキチョウだ！」とキンテアが言った。

その鳥が川下に飛び去った。

視線を飛び去った方に移すと、別の青い鳥が枝に留まっているのが見えた。鳥は水場の上の木に留まって、いい声で囀《さえず》った。静岡で夏場に見たことがある「オオルリ」のようだったが、静岡で見たそれより腹の茶色味が強かった。

青い鳥が「こっちが安全な方角だ」と告げているように感じ、青い鳥にしたがってみようかと顔を上げ、キンテアの方を見た。

その時であった。道の向こう側から喚声が湧き上がり、次々に大きな叫び声が聞こえてきた。中には悲鳴のような声も混じっていた。声のする方を見ると、遠くに土埃《つちぼこり》が上がっているのが見えた。青い鳥は、何かを感じたのかすぐに飛び去った。

「逃げて！」

キンテアが叫んだ。

庄太郎は急いで弁当と水筒を懐に入れ、キンテアと一緒に川の土手の方へ跳んだ。飛び降りたとき、ふくらはぎに痛みを感じた。固い枝か石で擦《す》れたのかもしれないと思った。

土手で息を潜めていると、間もなく血だらけの男が数人、ふらふらとやってきた。息も絶え絶えであった。向こう側ではまだ小競り合いが続いているのか、喚声やら金属のぶつかり合う音が聞こえてきていた。どうやら男たちは戦闘で傷を負って逃げてきたらしい。そして一人倒れると、また一人と道に倒れ始めた。そのうちの一人は、土手にいる庄太郎の顔に触れんばかりのところに倒れ込んできた。よほどの深手を負ったらしい。

数メートル先にいたキンテアは、目の前で倒れた男の傷口に手を当て、自分の顔や体に男の血を塗り始めた。キンテアは目で、庄太郎にも同じようにするように告げていた。考えている暇はなかった。庄太郎は、土手に顔から崩れ落ちてきた男の傷口に手をやった。男は目を剥《む》いて、びっくりしたような顔をした。その顔を見て、庄太郎は息を呑んだ。

「まだ、生きている！」

庄太郎の手が止まった。男はふっと笑い、静かに目を閉じてこと切れた。

その時、戦いに勝った方の男たちの一団が、ワーワーと歓声を上げながら坂道を下ってきた。

庄太郎は咄嗟《とっさ》に、こと切れた男の下に潜り込んだ。

やってきた男たちは、蛮刀の先で倒れた男たちを小突いていた。生きているのか死んでいるのか確かめているようだった。生きていたらとどめを刺すのだろうかと思い、庄太郎は冷や冷やしていた。死体から首を切り離しているのかとも思った。怖くはあったが、運を天に任せるほかはないと腹を括《くく》った。

足音が庄太郎のところまでやってきた。何やら男たちが口々に話している。

庄太郎は自分の体に圧力を感じた。自分の上に乗っている死体を刀で突いていたのだ。庄太郎は死を覚悟して、息を呑んだ。

しばらくすると、一人の男の声を合図に、男たちが引き揚げていった。

どれくらい経ったのだろうか。長い時間が経ったようでもあり、ほんの数十秒であったのかもしれない。庄太郎には、気の遠くなりそうなくらい長い時間のように感じられた。

辺りに人の気配がなくなってからようやく、庄太郎は死体の下から這い出てきた。ゆっくりと体を起こし、用心深くさっきの一団の様子を窺った。細い山道を登っているのが遠くに見えた。背中が小さくなっている。もうこちらを振り返ることはなさそうだ。

庄太郎は自分の命を救ってくれたかもしれない死体に手を合わせ、「南無妙法蓮華経」を唱えて、男の目を閉じさせた。キンテアが不思議そうに庄太郎を見ていた。

二人の胸元にはつぶれた握り飯があった。互いに無事であることが分かり、思わず抱き合った。あらためて周りを見回すと、あちこちに死体が転がっていた。とどめを刺された者もいたのだろうと思った。

落ち着いてくると、庄太郎は周りの草むらの中を歩き回り、何やら探し始めた。草むらから小さな草を握ってきた。

「血止め草だ」と言って、庄太郎はその草を千切《ちぎ》り、茎から出てきた乳色の汁を自分のふくらはぎにつけ始めた。キンテアも庄太郎から草をもらい、真似をして腕にできた擦り傷に同じようにして汁をつけた。傷口が少し染みたが血は止まった。さほど大きな怪我ではなかったにしても、こんなときに冷静に止血をしている庄太郎のことを頼もしく思った。

一息ついた後、庄太郎はキンテアについて来るように言った。庄太郎が用心深く登っている方向は、さっき男たちが去って行った方向であった。キンテアは方向を間違えていると思って、庄太郎の袖を引っ張って言った。

「そっちじゃない！」

「大丈夫。安心しろ」

キンテアが怪訝《けげん》な顔をしていると、庄太郎が続けて言った。

「争いが済んで、さっきの勝った方の一団はきっとほっとして、気を緩めているに違いない。ひょっとしたら酒盛りでもしているかもしれない。今が一番安全だ」

「……」

「いいか、どんな武器で、どんな戦いをしたのか、部族はどれくらいの規模か。それを知ることは、これからのために大切なんだ」

庄太郎はその場から逃げるのではなく、蛮刀を持った男たちの足取りを追い始めた。キンテアは庄太郎の胆力に驚嘆し、畏怖さえ覚えた。

十数メートル先に戦いの跡があった。敗れた部族の死体がいくつか転がっていた。怖がるキンテアを尻目に、庄太郎は周りについた足跡を探し始めた。戦いのときについた足跡ではなく、集団が一斉に同じ方向に向いている足跡を探しだした。

「こっちだ！」

同じ方向に向いている足跡を探し当て、キンテアに告げた。庄太郎は、さっきの部族の根城《ねじろ》を目指していた。

足跡は山の上の方へと続いていた。さらに登ると無数の足跡がついている道に出た。どうやらこの先に根城がありそうだと思った。庄太郎はキンテアを伴って大きく迂回した。

草むらに身を潜めるようにして、根城が見える反対側の斜面まで足を延ばした。ちょうどいい窪みを見つけて身を屈めた。その窪みからは、案の定、根城が見えた。

遠くに、車座になって何やら笑い合っている一団がいた。傍らに槍や弓もあった。すっかり安心して勝利の美酒にでも浸っているのだろう。遠目《とおめ》ではあったが、一団の中心に頭目《とうもく》らしき男がいるのが見えた。庄太郎はその男の顔を覚えた。さらに一団の様子を注意深く眺めて、使っている道具や武器を頭に入れた。

キンテアは気が気ではなかった。

小一時間も経ってから、庄太郎はようやくキンテアに下山を促した。

安全な場所まで来たとき、キンテアに向かって言った。

「何とか、あいつらと取引ができないかと考えている」

「だめです。危険です」

キンテアは、めっそうもないと言わんばかりに首を振った。

庄太郎は何か胸に秘めたような目でキンテアを見つめ、「今日はここまでにして店に戻ろう」と告げた。

店先に着くと、血だらけの庄太郎とキンテアを見た店の者たちはびっくりした。二人は下山しながら、夢中で考え事をしていたため、自分たちがつけた血を拭うことも忘れて店まで戻ってきていた。

二人とも、まるで戦場から命からがら逃げてきた男たちのように見えた。武器を持たない襤褸《ぼろ》を纏《まと》った足軽のようでもあった。二人して、お互いのひどい格好を見て笑い合っている様子を、店の者たちは不思議そうに見ていた。

翌日、キンテアがあの部族の言葉を話せると聞いた庄太郎は、それなら一緒にあの部族が喜ぶようなものを売りに行こうと言い、キンテアにも日本の商店で働いてきて、これは便利だなと思うもの、部族が喜びそうなものを考えるように伝えた。

そうして二人が考え出したものは、布、衣装を飾る光るものとしての瑠璃玉《るりだま》、変わった衣服や帽子、彼らが口にしたことがないであろう日本製の食品などであった。

次に庄太郎は、庭で石を砕いて小さな粉末を作り始めた。

さらに、その粉末に唐辛子や胡椒などを加えて混ぜ込んだ。できた粉を、匂い袋のような大きさの袋に詰め込んだ。

一袋できると、その袋を庭の二メートルほど先の大きな石に投げつけてみた。そして、白い粉がサッと飛び散る様子を見たり、石に粉が付着する様子や付着した跡を見たりして、何度も粉に改良を加えた。また、クンクンと石の周りの匂いを嗅いで、石の粉末や唐辛子、胡椒などの配合具合を何度も確かめた。

こうして改良を加えた小袋が、ようやく三十個ほどできた。今度は、できた袋を胸元に入れ、さっと袋を取り出す動作を繰り返した。最後に納得したように頷き、一つを素早く胸元から取り出した動きで逆手のまま先の石にぶつけた。石に当たった袋はパッと粉を飛び散らした。辺りに刺激臭が少し漂った。「これでいい」と庄太郎はつぶやいた。

「それは何ですか。何に使うのですか？」とキンテアが尋ねると、「もしもの時に目つぶしに使う。相手の長をこちらの手の中に抑えたり、慌てたすきに逃げだしたりするときに便利だ」と答えた。


翌朝、庄太郎とキンテアは交易品を積んだ荷車を引いて、二人して出発した。目指すは、あの部族の根城である。庄太郎は小袋を胸に忍ばせ、荷車の四隅にも小袋を張り付けていた。
○相手の部族には、戦いではなく交易と思わせること。
○部族の根城に着いたら、さっと、その長と思しきものとさしで交渉すること。
○胆力では決して負けないように腹を据えること。
○万が一のときは、その長を盾に逃げること。
庄太郎は冷静に考えを整理し、後は運を天に任せると覚悟を決めた。

キンテアは怖かった。しかし庄太郎は不安そうな様子を微塵も見せず、周到に準備していた。その自信ありげなところが、キンテアは不思議でならなかった。

庄太郎に引きずられるように行動を共にしたキンテアは、道々不安な気持ちになると、荷車を引きながら庄太郎の横顔を窺った。その顔はまるで遠足に行く子供のように楽しそうであった。

店の幟《のぼり》を立てて荷車を二人で引いて山道を登った。

しばらくして、前に遭遇した土手に近づいた。すると、いつの間にか数名の若者が出てきて二人を取り囲んだ。若者たちは、荷車に積んである珍しそうな荷を見た。そして、二人についてくるように言った。

こうして部族の根城に入ることができた。ここまでは庄太郎の思惑通りだった。

案内された二人の前に部族の長がいた。

キンテアが一生懸命笑顔を作って友好的な態度をとった。庄太郎も商売人特有の低姿勢で挨拶をした。しかし、辺りの気配に目を光らせていた。

「この物はいりませんか。交易に来ました」

キンテアがそう言うと、長は何人かに指示をして荷を検《あらた》めさせた。荷の中に武器などがないとの報告を聞くと、長はにやりとした。真の笑顔ではなかったが、殺気は感じなかった。庄太郎とキンテアが、このままうまくいきそうだと感じたその時、荷を検めていた若者の一人が、荷車につけていた小袋を見つけ、何やら大きな声で叫んだ。二人に緊張が走った。

長は届けられた袋を受け取り、「これはなんだ?」と庄太郎に訊いた。

庄太郎はキンテアに、「虫よけの袋だ。万が一、獣に襲われたときに投げつけると獣もたじろぐ」と通訳させた。

長は、この袋に興味を持った。袋を手に取り匂いを嗅いだり持ち直したりした。

「使ってみせてくれ」と長が言った。

キンテアが通訳すると、庄太郎は素早く荷車から袋をちぎり、長めがけて投げつけた。部族の一同はびっくりし、武器を手にする若者もいた。キンテアは思わず手で頭を覆った。

庄太郎の投げた袋は、長のすぐ横をヒュッと音をたてて通り抜け、二メートルほど後ろの岩に当たった。

粉が飛び散り、岩の周囲に匂いが立ち込めた。近くにいた若者が目を抑えた。目が痛いのか、若者の目から涙が出てきた。匂いは長のところまで届いた。

長は、その様子を見て驚いたようであったが、手に持っていた袋をゆっくりと置いて顔を上げた。その顔は笑顔になっていた。庄太郎を見て声を出して笑い始めた。庄太郎も長と目を合わせて笑った。こうして、庄太郎と長は通じ合うものを感じた。

小袋を長に向かって投げたとき、槍や刀を手に取る若者もいたが、長と庄太郎が笑い合っているのを見て、周りにいた部族の者も笑い始めた。その後、誰も武器を手にすることはなかった。庄太郎の胆力が通じたのか、小袋の効果が良かったのか、庄太郎の咄嗟《とっさ》の行動もうまく働き、この交易はうまくいった。

部族の者たちが、庄太郎たちが持ち込んだ品を珍しそうに手に取り始めた。和やかな雰囲気の中、交易は進んだ。キンテアの通訳もあって、付近の果実ばかりでなく、部族が作っている皮製品や鳥の羽飾りなどの手に入りにくい品物とも交換ができた。これらの品々はその後、高値で売ることができた。

こうして、最初に訪れた命に関わるような危機を乗り越えた。危機を発条《ばね》にして店はさらに大きくなっていった。

その年、明治四十一年十二月二十一日、庄太郎とハナに最初の子が生まれた。男の子であった。庄太郎が三十歳、正に而立《じりつ》のときであった。

台湾で最初に授かった子ということで「台一」と名付けた。

さらに二年後、二番目の子が生まれた。この子も男の子で、自分の一字をとって、「庄三郎」と名付けた。二番目なのに、なぜか三郎と名付けた。

その後、庄太郎とハナの間には二男一女が生まれる。庄三郎の次が三男源太郎、次が長女八重子、四男が星太郎である。

八重子が長じてから庄三郎に、「次男なのにどうして三郎なの？」と尋ねたら、

「う〜ん、親父《おやじ》は静岡の富士宮の出身だからなあ。信州上田の真田昌行が長男を源三郎と名付けたことがある。親父は真田十勇士が好きだったので、そのことを知って真似たのかもしれないな。あるいは、昔は長男がすぐ亡くなることがよくあったので、そんな付け方をしたのかもしれない」と言った。

八重子はそうなのかと、なんとなくその場では納得したが、後でよく考えると、長男には台一と付けているのに、次男に三郎はやっぱり変だと思った。

暴れ川三兄弟は、長男利根川を坂東太郎、次男九州筑後川を筑紫次郎、三男吉野川を四国三郎と名付けて、そう呼んでいる。なのに三男にも源太郎、四男にも星太郎と長男名の太郎を付けているのも変だと思った。庄三郎だけが次男で三郎というのは、後から考えても意味が分からず、八重子は思い出しては頭をひねったそうである。

三男の源太郎の名は、庄太郎が事あるごとに褒めていた台湾総督府の四代目長官、児玉源太郎からとったものだと分かった。

四男の星太郎の星の謂《いわ》れは何かしら。八重子は時折、思い出して庄三郎と星太郎の名のことを併せて考えることがあった。後に八重子は、男はそれぞれ独り立ちして一家を持ち、それぞれの地で初代の太郎となって羽ばたいていってほしいという願いからだろうと思い至った。それで納得しようとしたが、庄三郎については分からなかった。そこで直接、母ハナに尋ねてみた。

母は「庄三郎のしょうの字は、祥の字を付けようと最初考えていたのだけれど……」と言うばかりであった。ひょっとして、二人目が生まれてすぐに死んだとか、流産したからだったのかなとも思った。

余談であるが、八重子が長男を産んだ時、兄庄三郎にあやかって祥一郎と付けようとした。庄三郎が文武に優れていて、妹ながらほれぼれする男前でもあったからだ。しかし結局、尚の兄修源が姓名判断をして、益興《やすおき》と名付けることになった。庄三郎の名前にまつわる話である。

ともあれ、こうした部族との冒険や巧みな商売を重ねて、佐野商店は大きくなっていった。ただ、庄太郎は他人の三倍も苦労をした割には雑貨商の儲けは少ないと思っていた。雑貨商を孫子の代まで続けたいとは思わなくなり、辞め時を考え始めていた。

折しも台湾は、特に台北は躍進著しい都市へと発展していく途上であった。

台北市は一八九〇年代中頃、西門が撤去され、城壁も取り壊され、三線道路が敷かれた。区画整理に伴って、十分な広さを持つ道路の脇にはダイオウヤシや台湾楓が植えられた。

一九一〇年代（明治末期）には、道路拡張工事と家屋改築計画が実行され、建物が近代洋風建築に取って代わった。一九二〇年代（大正十年頃）の台北市制によって、全域六十四町と十の村落を持つ台北市が設置された。これによって、従来の街路名から栄町や太平町など新しい町が誕生した。

社会生活のインフラも整備され、病院、公設市場、公園などの建設が進んだ。日本統治初期の時代には、人と家畜の共同生活が当たり前であったものを変更した。街の衛生状態が悪く、ペスト、マラリヤ、コレラなどで苦しんだことを教訓に、人々の飲み水と灌漑用水を分ける施策を押し進めた。

一九一〇年（明治四十二年）には台北水道が完成。淡水河の支流から取水が始まり、陽明山には新たに水源地を設置した。汚水の処理対策も進めた。一八九六年（明治二十九年）には既に、一部地域ではあるが下水道工事計画の策定を行った。三年後には下水道工事を開始。この工事は、清朝時代の築城の石を使ったためあまり芳しくはなかったが、ともかく、こうした施策で公衆衛生も向上していった。

一八九〇年代半ばからあった日本人向けの公設市場が、新起街、南門、幸町に整備され、台湾人向けの市場も、新富町、永楽町などに整備されていった。一九〇三年（大正三年）には亀山水力発電所ができ、二年後には電力の供給も始まった。電話の開設も始まり、一九〇〇年（明治三十三年）からは、民間人も電話を使い始めた。こうした計画に伴って、避難所や集会の場、人々が緑に親しむ憩いの場としての公園の整備も進んだ。そのうちで最も有名なのが新公園である。その公園から北に徒歩で数分の位置に佐野商店はあった。

台北の発展とともに人々の需要は増え、佐野商店の経営も順調に伸びていった。父となった庄太郎の思いとは裏腹に、佐野商店は売り上げを伸ばした。庄太郎は静岡からさらに甥や姪を皆台湾に呼び寄せ、学校や女学校にやり卒業させた。

庄太郎は雑貨商から次の挑戦を考えていた。第二の危機が降りかかってきたのは、その矢先であった。それは呼び寄せた親類から出た、思いもよらない危機だった。

いいことは続かないものである。順風と思われた佐野商店の経営が一気に悪化した。それは、静岡から呼び寄せて面倒を見ていた弟の彦作と叔父が、台北で商売を開業することから始まった。庄太郎は、二人が開業するにあたって金銭的な援助をしただけでなく、叔父たちの連帯保証人にもなっていた。

佐野商店が順調に売り上げを伸ばしていく様子を見ていた弟や叔父は、同じように商売がうまくいくと思ったらしい。庄太郎のこれまでの工夫や苦労は多少話に訊いていても、庄太郎ほどの商才がなかった。金銭感覚も、たたき上げの根性もなく、ましてや胆力は足元にも及ばなかった。

結局二人の商売は、あっけなく失敗した。失敗しただけでなく、債券者から追い詰められ、借金の額に耐えられなくなった。二人が選んだ道は青島に夜逃げすることだった。しかも、全く庄太郎には断りがなかった。そのため連帯保証をしていた庄太郎の財産は、店舗や住まいを残して差し押さえられることになった。

何とか立て直しを図ろうと、庄太郎は東奔西走して資金繰りに走った。しかしなかなかうまくいかず、その後の店を経営するための商品の仕入れが滞った。売るものがなくなり収入の道が閉ざされてしまった。卸屋から警戒され、現金でないと商品を分けてもらえなくなったからだった。一気に経営が行き詰った。これが、台湾で迎える二度目の危機であった。

資金繰りがうまくいかず、庄太郎は薄暗くなった道をとぼとぼと店に戻っていた。重い足を引きずるように歩きながら、もう店をたたんでしまうしかないか。家財を売り払い、従業員たちに給金を支払ったらどれくらい手元にお金が残るだろうか。いくらも残らないだろう。ハナは大丈夫だろうか。まだ幼い子供たちを食べさせていくことができるだろうかなどと気落ちして、再建を諦めかけていた。

とはいえ、彦作らと同じように夜逃げすることはできない。経営者としての責任がある。故郷から親類縁者を呼び寄せた責任、従業員たちへの責任を放棄することはできない。貧乏になっても、何とか夫婦二人と幼子たちと一緒に、野垂れ死にすることなく生きていくにはどうしたらよいか。一人なら石に噛《かじ》りついてでも生きていける自信はあった。が、妻子もいる身を考えると途方に暮れた。

考えても考えても良い案は思い浮かばず、疲れ果てて帰宅した。

夜、ハナに向かって、「明日一日、駆け回っても資金繰りができなければ、もう店をたたむしかない。静岡から遠く台湾に嫁に来てもらいながら、楽しい思いをさせてやれず申し訳ない。最悪の場合はこの住まいも手放さないといけないかもしれない」と頭を下げた。

ハナは「明日にまた賭けましょう」と、咄嗟に返事をした。しかし、内心ではもう駄目かもしれない。こんな弱気な夫を見たことがないと感じていた。かといって、自分に何ができるだろうかと考えた。

ハナには夫を支えて堅実に家を守ることはできても、店を大きくするような商才はなかった。何度も何度も考えたが、良案は思い浮かばなかった。傍では二人の子供が無邪気に寝息をたてていた。

夫婦揃って重苦しい一夜が明けた。

庄太郎は最後の一日を、本土から出てきて一代で叩きあげて成功した商店に絞って頼ることにした。雑貨商だけでなく、店の種類に関係なく当たってみることにした。これまで商売で少しでもつながってきた知り合いの商店一つ一つを虱潰《しらみ》しに当たった。同じような境涯で生きてきた者同士なら、少しは分かってくれるのではないかと一縷《いちる》の望みに賭けた。

しかし、どれだけ歩き回ってもなかなか首を縦に振ってくれる人は見つからなかった。

既に日が暮れかかっていた。途方に暮れてとぼとぼと歩き、家に近づいた頃だった。一軒の店先で掃除をしている男が目に留まった。その男は、店を閉める前のごみを掃き出す方法で掃除をしていた。

「ああ、ここにも掃除にこだわっている店がまだ残っている」

そう思って店の看板を見上げると「金柿商店」と書かれていた。知らない店だった。

庄太郎は店の前に立ち、最後の声を掛けた。

掃除していた男は「主人に言ってきますので」と告げて、店の奥に引っ込んだ。

しばらくして別の男が出てきて、肩を落としている庄太郎に、

「元気を出しなさい。いつものように」と笑顔で言った。

「えっ、どこかでお会いしましたか？」

庄太郎に声をかけたのは、金柿の主人だった。主人は若い頃から荷車を引いて工事現場に出かけたり、台湾人（キンテア）を伴って、あちこちで外商をしたりして頑張っている庄太郎のことを知っていたという。

金柿商店は乾物や明太子、海苔などを取り扱っていた。主人は熊本から出てきた一代目だった。庄太郎と同じように台湾で一旗揚げようと頑張ってきた男だった。台湾で成功した資金を元手に熊本に帰り、故郷で栗山を開いて晩年を迎えようと思っていたところだった。

庄太郎が訳を話すと、その資金の一部を貸してくれるという。さらに、掛けで良いから品物を卸すことを申し出てくれた。

駄目かと思って最後に声を掛けた金柿商店が、助けの手を差し伸べてくれた。庄太郎にとって金柿の主人は命の恩人となった。

もともと佐野商店は、連帯保証人にさえならなければ経営はうまく回っていたので、店はすぐに立ち直った。一心不乱に働いて、借金を一年余りでようやく返済した。

庄太郎はこの機会に、佐野商店の日用雑貨部門を甥の大石太作に譲ることにした。雑貨商に見切りをつけていた庄太郎にとって、この二番目の危機は次の挑戦への良い契機となった。

占いで凶と出たり厄年であったりすると、多くの人は自重しようとするが、庄太郎の考え方は違っていた。そうしたピンチの時こそ自粛自重ばかりするのではなく、工夫を重ねて乗り切ることを考えた。乗り切ることができれば、次の飛躍につながると考えていたからである。

試練は人を強くしてくれる。試練の時、自暴自棄にならず自分の力を磨けば、次は大きなチャンスが巡ってくると考えて、これまでも乗り切ってきた。今回も結果的に良い契機とはなった。ただ今回は、資金難でここまで苦しめられ、倒産寸前まで追い込まれるとは思いもよらなかった。良かれと思って手を差し伸べた親類から出た危機は、骨身に染みるほどの痛みを庄太郎に植え付けた。

台湾に来て、自分を育んできた雑貨商に感謝しつつ、新たな挑戦に乗り出すことにした。庄太郎の次の挑戦は旅館の経営だった。庄太郎、厄年の挑戦だった。

人々の往来が増え、年々発展を遂げる台湾。殊に台北は、国際都市として海外からの旅行者も増えてきている時代だった。庄太郎が所有している土地も、台北駅に近く一等地である。立地条件としては申し分のないこの地で、旅館業をすることに決めた。

庄太郎は佐野商店の横に赤煉瓦三階建ての旅館を新築し、「台北館」と名付け、旅館業に乗り出した。

その七　八重子のフラッシュバック

八重子は、ようやく目を覚ました。ここはどこだろうと思った。長崎市材木町三、中村辰三郎方（台湾の北投温泉で女中として働いてもらっていた人の夫）の六畳一間を借り受け、倉庫を自ら増改築して入居しているところかと思った。材木代、大工代で二万六千円かかった材木町の家かしら。それとも千々石（長崎県南高来郡、現在は雲仙市）の喜楽という料理屋兼旅館の自宅だったところを買い受けたところかしら。確か二十五万円かけて九月に転宅したのだった。そこで長男益興を産んだ（昭和二十四年四月）のだった。

今見た夢はそうではなかった。引き揚げてきてからは、どの頃も貧しかったが、いつも周りに誰かがいてくれた。夫や子や親類がいた。手を差し伸べてくれた知人がいた。夢は一人の時だった。暗い中、一人で蹲《うずくま》っているところに見知らぬ男がやってきて、ライトで八重子の顔を照らしたのだ。

うなされて手に汗をびっしょりかくような夢だった。いや夢の中で、過去に体験した辛くて怖い思い出が蘇ったものだった。それは益興を産む二年前のことだった。

千々石に住み始めた頃、夜遅くに夫尚の実弟、新平が訪ねてきた。そして、「この荷物をし

ばらく預かってくれ」と尚に頼んで出ていった。その荷物は行李《こうり》に入っていた。八重子は不審に思って、急いでその行李を押し入れにしまい込んだ。尚は心配そうだった。荷物の中身がなんであるのか八重子は知らなかったが、尚はうすうす感じていた。

数日後、官憲がやってきた。

「林田新平を知っているか」

「私の弟です」

「新平が立ち寄りそうなところとして、家を検《あらた》めに来た。新平が置いていったものはあるか」

「……」

「隠し立てすると家探しをするぞ。正直に答えよ」

八重子は隠し通すことはできないと思い、押入れを指さした。すぐに行李が見つかった。中身は禁制品である進駐軍の物資や衣類だった。闇販売のため、新平が手に入れたものだった。官憲は尚も新平の仲間とみた。いくら申し開きをしても聞き入れてもらえず、尚は逮捕されることになった。

「俺は悪いことはしていないから、すぐに戻って来る。心配するな。食べ物に困ったら、飯《い》岳《だけ》（千々石の田舎）の実家に言えば分けてもらえるだろう。それまで頑張ってくれ」

尚は八重子にそう言い残すと、すぐさまジープで佐世保の刑務所まで連行された。

台湾から引き揚げてきて、何も分からないままこの二年間を送ってきた。それでも夫が一緒にいて頑張ってくれたおかげで、千々石にやっとの思いで引っ越すことができた。その矢先の出来事だった。

八重子と幼い宣子は、千々石に二人残された。

飯岳に引き揚げて来た冬、八重子は自分の手の甲にあかぎれができたのを初めて見た。

「あれ、これはミミズかな。ヒルかな」

思わず手の甲から摘まもうとした。摘まんでも取れるはずがなく、ようやくこれがあかぎれだと分かった。

別の寒い日、八重子は飯岳にある尚の実家のお縁に座っていた。その時、白いふわふわしたものが舞っているのを見た。誰かがいたずらで小さな紙を吹雪のように散らしているのだろうか。綺麗だなと思ってしばらく見ていた。見ていても白いものは途切れることがなかった。誰がこんなにたくさんの紙を屋根の上からまき散らしているのだろうと思い、何度も空を見上げた。そんな八重子を見て、尚は笑いながら、「これは雪だ。雪が降っているんだよ」と教えた。

雪といえば台湾にいた頃、一度だけ、新高山《にいたかやま》からとってきたという雪を、客に見せられたことがあった。だがビニールの袋に入っていたその雪は、八重子が見たときは、ただの冷たい水であった。雪が降るところを見たことがなかった八重子にとって、その時が初めて見る〝降る雪〃だった。

旅館の経営者の娘として何不自由なく生まれ育ち、台湾以外を知らない八重子の目には、尚の実家のある飯岳は貧しい田舎にしか映らなかった。下水道の整備もなかった。家の前にある小さな溝のような小川で近所の人が野菜を洗っていた。その上流でおしめや下着を洗濯している女《ひと》がいた。不衛生だと思った。

不潔ではないかと尋ねた八重子に、その女は洗濯をする手を止めないで、

「ここの水は湧き水でとても綺麗かとばい。だけん、すぐに汚れは流れてしまうからよかと」

と、笑って答えた。

これが日本本土かと八重子は目を疑った。台湾の方が上下水道も整備されていて、はるかに清潔であった。道も大きく建物も立派だった。こんな不衛生なことは決してなかった。台湾でも田舎に行けば同じようなことがあるかもしれないが、ここまでひどいことはないと思った。

植民地政策の一つとして、本土は素晴らしいということを見せるため、台湾は日本本土より近代化が進んでいた。台湾は日本統治のあり方を内外に示す〃ショーウィンドー〃であった。ましてや旅館育ちの八重子である。清潔や衛生ということには、子供の頃から細心の注意を払うように躾《しつ》けられて育った。

そんな八重子に尚の実家の姑はつらく当たった。もともと放蕩の癖が治らず、田畑を売り払うしかなくなった姑キエは、尚を台湾に年季奉公に出したのだった。三十年の年季奉公に出す

ことで、その給金の前借りを当て、実家の田畑は辛うじて残った。いわば息子を売ったお金で今の生活があった。そんな姑であった。

尚は台湾での稼ぎを仕送りすることもあった。そんな事情から、自分たちのことはありがたく思っているはずだと思っていた。とりあえず食べていくには心配ないだろうと思い、終戦後実家に引き揚げて来たのだった。

尚のいる前では、キエは八重子に対して優しく接していたが、ひとたび尚が不在になると辛く意地悪く当たっていた。そこに、ようやく実家から千々石に越してきたばかりの尚の逮捕だった。

千々石で、一人娘の七歳の長女宣子《のりこ》と二人暮らし。一番心細かった頃の夢であった。

内職をしても食べるものに困っていた八重子は、思い余って実家に米を貰いに行った。キエは「尚にやる米はあっても、お前にやる米はない！」と冷たく言い放った。

ひもじい思いをしても、やせ細っていっても、宣子は健気《けなげ》に我慢してくれていた。もう米櫃《こめびつ》は底をついていた。配給米ではやっていけなかった。八重子は四十キロ先の長崎まで出て、ヤミ米を買ってくることを決断した。それが、二人して生きていくのに必要な最終手段だった。

たった七歳の宣子を一人家に残して、長崎に出て行くしかないと決心した。母子二人で生きていく道は他にはなかった。それしか思い浮かばないほど八重子は追い込まれていた。

長崎に行く朝、八重子は宣子に言った。

「お母さんは、これからお米を買いに長崎に行ってきます。お母さんが帰ってくるまで留守番をしていなさい。夜にはきっと帰ってきます。それまでは、この家でじっと待っているんですよ」

宣子は子供心に母親のただならない雰囲気を察し、黙って頷いた。八重子は、その姿が不憫でならなかった。

早朝、千々石を出て長崎に向かった。八重子は必死だった。歩き回って、ようやく長崎でヤミ米を手に入れた。そうして、同じようにヤミ米を買った大勢の男たちに混じってトラックに乗り込んだ。

千々石に戻るトラックだった。もう辺りは暗くなっていた。トラックは日見《ひみ》の峠で急停車した。官憲の検問にひっかかったのだ。

同乗していた男たちはトラックから飛び降り、ちりぢりになって逃げだした。八重子は一人残された。官憲は懐中電灯で中を照らしながら八重子をすぐに見つけ、その顔を照らした。

「すぐに降りなさい。逮捕することはないから、このままどこかに行きなさい」

「いやです！」

八重子は、ひるまず勇気を振り絞って言った。

官憲は一瞬びっくりして、何を言われたのかという顔をしたが、すぐに「ならば逮捕することになるが、いいのか」と少し脅すように語気を強めた。

「家で七つの娘がお腹をすかせて、今か今かと私の帰りを待っています。主人は無実の罪で佐世保の刑務所に入れられ、娘との二人暮らしです。私が帰らなければ娘は飢え死にするでしょう。この米を持って帰らなければ、逃げたとしても一緒のことです。二人して飢え死にするしかありません」

八重子は食いさがった。

「どうしろと言うのか！」

官憲が怒鳴った。

「どうかこのまま私を逮捕してください」

八重子の答えは官憲にとって意外なものだった。

「何！」

八重子は続けた。

「ただ、逮捕するなら千々石で待っている娘も一緒に逮捕してください。そうしなければ二人して生きていくことができません。私が帰らなければ、娘は飢え死にするしかないのです」

「ううん……」

官憲はしばらくじっと八重子を見ていた。重苦しい沈黙の時が流れた。八重子は真実を語ったのだから仕方がないと思った。死を覚悟したが、自分が死んだら、一人で待っている宣子も生きてはいけないだろうと心の中で手を合わせた。約束を守れず、帰れなくてごめんなさいと謝った。

また、今日帰れないと宣子はどうするだろうかとも考えた。水を飲んでじっと待っているような気がした。八重子は、居間で倒れている娘の姿を思い浮かべた。そして心の中で、「もし生きていなければ、お母さんも後を追って死ぬから勘弁して。できれば何とか一人で生き延びて。もし無事に生きていることが分かったら、お母さんは草の根分けても必ず宣子を探しだすから」と思った。

八重子の目に涙が浮かんだ。ここで泣いてはいけないと思っても涙が一筋こぼれ落ちた。

しばらく沈黙の時間が流れたあと、官憲はヤミ米を撤収し始めた。そして八重子の分だけ残し、幌《ほろ》を戻した。トラックの運転手の方に歩いて行って、何やら運転手に告げて戻ってきた。

「お前だけは、このトラックでそのまま帰れ」

官憲はそう言って、再び幌を下ろした。

トラックが動き出したとき、八重子は放心したようにぐったりした。

これで生きていけると思った。

夢はこの時の体験だった。お嬢さん育ちの自分が、大胆にもよくもあんなことができて、あんなことが言えたなあと思った。そして、お嬢さん育ちでも、信念をもって生きることを教え、実際に生き方を見せてくれた庄太郎のことを思い浮かべた。

　庄太郎は信念の人だった。八重子もそうした父の気質をいくらか受け継いでいると強く感じた。庄太郎から受け継いだ血を、自分の子供たちにも継がせなければと思った。

　一方、尚は佐世保の刑務所で八重子たちのことを心配していたが、食糧は大丈夫だろうと思っていた。尚は模範囚だったので、刑務所から半年の刑期で出所できた。その間、八重子は女手一つで宣子を育て、家をどうにかこうにか守り通した。

その八　旅館経営　台北館

庄太郎は赤煉瓦三階建ての旅館を住居とともに新築した。玄関の左右にガジュマルを植え、旅館の名を「台北館」と名付けた。

所在地は台北市城内府後衛三〇三（表町一－四八）である。

台湾総督府の四代目長官・児玉源太郎の植民地政策が軌道に乗り、台湾が大きく発展していく時期と重なった。時流に乗るように、この旅館経営も軌道に乗った。

旅館を経営するにあたって、庄太郎が口を酸っぱくして従業員や家族の者たちに守らせたことがあった。それは前の佐野商店の時と同じようなものもあったが、新たに次の二つのことを加えたのである。

○履物をきちんと揃えること。

○階段の昇り降りは必ず一歩目から数えながら昇降すること、であった。

履物が揃えて並んであるのを見たら確かに綺麗であり、気持ちのいいものである。ただ、庄太郎がこれを加えた理由は、いざというときにサッと行動できるからというものだった。これも庄太郎の経験から来ていて、火急のときでもサッと動くことができ、停電になっても素早く移動できることを一義とした。動く方向に履物が並べてあることが大事で、そうしておけば自分ばかりかお客様の身を守ることができるという考えだった。

ガジュマル(台湾松)がある台北館の玄関での写真。庄太郎、ハナと共に次男(庄三郎)、三男(源太郎)、長女（八重子）四男（星太郎）と従業員が写っている。正月か慶賀の時と思われる。

さらに、客を案内するときにも役立つことがある。もっと言えば、履物が並んであるのを泥棒が見たら二の足を踏み、押し入らないことだってある。それはともかく、まずは自分自身の身を守れるようにということが一番大事であると説いた。

階段の昇降についても、頭の中で数えながら昇降すれば、踏み外したり、たたらを踏んだりすることなく、暗がりでも素早く動くことができるという理由からだった。

台北館の従業員の動きはきびきびしていて澱みがなく、かといって、客を案内するときは楚々としていて評判が良かった。当然であるが、客用の履物も履く方向に揃えられていないことはなかった。客を出迎えたり送り出したりするときは、多くの従業員が店の前に並んだ。皆で礼をし、声を揃えての送り迎えで、客の気持ちを良くした。庄太郎の動きも無駄や澱みがなかった。日ごろからの心がけで、こうも動きが変わるのかと思わせた。剣豪のような境地であったのかもしれない。

庄太郎は台北館だけでなく、よく立ち寄る建物の階段の段数もほとんど覚えていた。子供たちも学校などの階段を昇降するときは、頭の中で数えながら昇降する癖がついていた。

庄太郎は、床を敷いたら敷布団の端に小さな木刀を置いて寝た。不審な物音がしたら木刀を持ってすっと立ち上がり、音のする方へ忍び寄っていた。

従業員が遅くなって裏木戸から入ってきたとき、暗闇から庄太郎がぬっと出て来たのを見て肝をつぶしたことがあったという。

この、物音に敏感な性質は八重子にも受け継がれた。

大正六年一月十三日、第三子、三男の源太郎が生まれた。もちろん、台湾総督府総裁の児玉源太郎から名前をとってつけたものである。それくらい庄太郎は児玉源太郎に心服していた。

翌、七年五月二日に八重子が誕生した。正式名は八重子であるが、「捨て子」を行ったので、幼い頃から家の中では尚子（尚子と書いて「ひさこ」という）呼ばれた。「捨て子」とは、子供が健康に育つことを願って、一度捨て子にすることを言う。

この、名付けにもかかわる「捨て子」の風習は昔からあった。例えば徳川八代将軍吉宗は厄年の子として捨てられ、刺田比古神社の宮司・岡本周防守長諄が拾っている。捨て子ではないが、徳川家康は竹千代から元康、家康へと成長に伴って名が変わっていったように、一人の人間が成長に応じて複数の名前を持つこともあった。

明治政府は戸籍をきちんと把握する必要にかられ、明治五年に「一人に一つの名」という法令を出している。が、すぐに緩和されていった。多くの陳情があったためである。

八重子が生まれたころも、子供が健康に育つために一度捨て子にする習俗が残っていた。これは、あらかじめ子供を捨てる場所と時間を決めておき、その子を拾ってくれる拾い親も頼んでおく。そして拾い親が最初の名を付けるというものであった。その名が通称として日常生活で使われるので、正式な親が付けた名を大きくなってから初めて知ることも珍しくなかった。親が厄年の時であったり、生まれた子が小さかったり弱そうだったりすると、この捨て子のやり方をよく行った。

八重子のときも正式に「八重子」と名付け、捨て名を「尚子《ひさこ》」と庄太郎が決め、予め頼んでいた従業員に拾ってきてもらった。

八重子は尚子として育った。台北館の従業員も親戚も皆、「ひさちゃん」とか「ひさこ」と呼んでいた。

八重子と源太郎は一つ違いのために、よく喧嘩をした。庄三郎兄が八重子の肩をもってくれることもあり、背も高く男前で、文武両道のこの兄を八重子は慕った。

庄太郎は、初めての女の子ということもあって、八重子のことを可愛がった。しかし決して他の兄弟と同様に甘やかすことはなかった。「女であっても意地を持ちなさい。男に力で負けても、相手の指を噛みちぎるまで離さないという気概があれば、そう簡単には男に屈することはない」と教えていた。

そのころ、恩人であった金柿伯父が事業に失敗し、熊本から台湾に戻って来ていた。金柿の伯母は周りの目を気にして、空のトランクに襤褸《ぼろ》をいっぱい詰めて見栄を張って戻ってきた。庄太郎は二人を台北館で一番の良い部屋に泊め、台湾での独立開店の世話をし始めた。あちこちの伝手《つて》を頼って、ようやく台北栄町四の三に店を出してやることができた。栄町は、台北館のある表町から二筋西に行き、二ブロック南に行ったところである。総督府に近く、新公園を中心にすると、台北館とほぼ対称の位置にあたる。庄太郎は、連帯保証人で行き詰ったときの恩を、これでようやく返すことができたと喜んだ。

金柿と庄太郎は血のつながりのない他人同士ではあるが、お互い助けたり助けられたりしたことで、これからも実の兄弟のように助け合って生きていこうと、義兄弟の契《ちぎ》りを結んだ。

この金柿伯母夫婦には実の子がおらず、伯父の子靖之《やすし》を小さいときにもらい受け、我が子として入籍していた。また、後に八重子の夫となる尚《たかし》は金柿伯母の甥であった。年季奉公で働かせていたが、金柿靖之の弟分としても扱われていた。

庄太郎と金柿は台湾の骨となろうと誓い合った。さらに両家の絆を強くする上でも、金柿靖之に佐野庄太郎の娘である八重子を嫁がせようと口約束していた。無論、靖之も尚も八重子もこのことを知る由もなかった。

この台北館は終戦直後の空襲で焼け落ちることになるまで、台北駅近くのガジュマルの大木のある旅館として繁栄した。台北市民のランドマークでもあった。

この頃、念力を使うという客が宿に泊まった。その客は、店の主人庄太郎を部屋に呼び付けた。何事かと部屋に来た庄太郎を前に、

「儂は念力を使うことができる。ご主人に、その力の一端をお見せしたい」と言って、湯飲みに入ったお茶を板張りの床の遠くに置いた。

「手も触れず息も吹きかけずに、湯飲みの中のお茶を念力で震わせて見せよう」と言った。

庄太郎はこの面白い見世物に興味を持った。場合によってはお金を包まないといけないかとも思った。

客は庄太郎の前で何やら念じ始めた。しばらくすると、湯飲みの中のお茶に波紋が生じ始めた。見事であった。種もしかけもなかった。

「お見事です」と庄太郎は称賛した。

ただ、自分にも念じる力はあり、できそうだと思った。そこで

「一つ、私にもやらせてみてください。初めてやるので、自分は板張りに親指を当ててやり

ます。また、同じ床板の先にお茶を置いてやってみます」と言った。

客は笑って、「やってみなさい」と言った。

一メートルほど先に置いてある湯飲みに向かって、庄太郎は親指を板張りに押し付けて念じ始めた。始めはニヤニヤして見ていた客の顔が変わった。真剣で驚いたような顔になり、

「ほう！　お茶に波紋が立ってきました。驚きました。初めてで、こんなにできる人はこれまで会ったことがありませんな。私の元で修行を積めば、もっと念が強くなるでしょう。どうです、考えてみませんか」と言った。

庄太郎は丁寧にお断りして部屋を出て行った。ああした力は、人は生まれ持って備わっているものだと思っていた。


庄太郎の朝の散歩は、よほどの悪天候でない限りは毎日続いた。庄太郎の日課は朝五時に起きることから始まった。起床すると、ひとしきり布団の上で西式健康法を実践した。

「西式健康法ってどんなことをするの？」と八重子が聞いたことがあった。

朝が早いので、八重子や子供たちは庄太郎の運動を見たことがなかった。八重子の前でして見せたのは、両手の指を合わせて何回か押し合った後、合掌をする運動だった。他には、仰向けで金魚のような動きや両手両足を上げて、ゴキブリがばたばたするような動きもしていると言った。毛細血管まで、きちんと血を巡らせるという体操だと、庄太郎は言った。

八重子はよく分からなかったが、思い出したときに両手の指を動かす運動を真似ることがあった。

「この指の動きをしていると指が強くなる。蛇に巻き付かれても蛇の首根っこを指で押さえると、蛇は力を抜いて大人しくなる。指の力を付けておくのは大切だ」と庄太郎が言ったのを思い出すたびに、八重子も励行した。

庄太郎は、布団の上での運動が終わると朝風呂に入った。その後散歩に出かけた。時には子供一人を連れだって歩くこともあった。その時に家や街並みを見て、気の流れを教えた。道行く人を目で示して、人の動きの癖などで性格や職業が分かることも教えた。人相、骨相、家相に至るまで、知っていることやこれまでの経験から感じてきたことを子供たちにできるだけ伝えるようにした。

また散歩から帰ってきたら必ず裸になって、体の汗を拭きながら乾布摩擦をしていた。

庄太郎の食事は当時としてはハイカラで、ご飯とパン食が半々だった。多いときは週に三、四回がパン食だったこともあった。米食が中心の台湾で、どうやってパンを手に入れていたのかは分からない。国際都市として発展していく台北のホテルなどがパンを作っていたのだろう。

食パンとバターと果物を朝から食べ、飲み物は牛乳であった。時にはチョコレートが手に入ると、それを削って砂糖を入れ、湯で溶かしてココアとして飲むこともあった。そして食事の最後は、日本食のときに限らずパン食のときも、必ず緑茶を入れて飲んだ。緑茶は毎年静岡か

八重子の樺山小学校卒業の記念写真である。前列の左から六番目が八重子である。軍服のような正装で写っている男性たちは教師だろうか。今では分からない。

ら送られてくるものであった。

後日談だが、八重子もコーヒーやチョコレートが好きだった。庄太郎たちとの食生活の影響があったのだろう。長崎でどうしたものかコーヒー豆が手に入ったことがある。八重子は、その豆をすり鉢で擂《す》り潰して鍋に移し、牛乳で溶いた。砂糖を加えてこのコーヒーを楽しんでいたら、傍にいた益興が興味を持って覗いていた。八重子は笑って、少し益興に与えた。益興が初めて飲んだコーヒー牛乳だった。

八重子が庄太郎に、これだけは止めてほしいと思っていたことがある。それは、使用済みの洟紙《はながみ》を洗って丁寧に伸ばして、干しておくことだった。庄太郎は乾燥したこの紙を懐《ふところ》に入れ、繰り返し使っていた。

「どうしてそんな汚いことをするの?」と八重子が言うと

「紙は大事にしなければならない」と応えて、若い

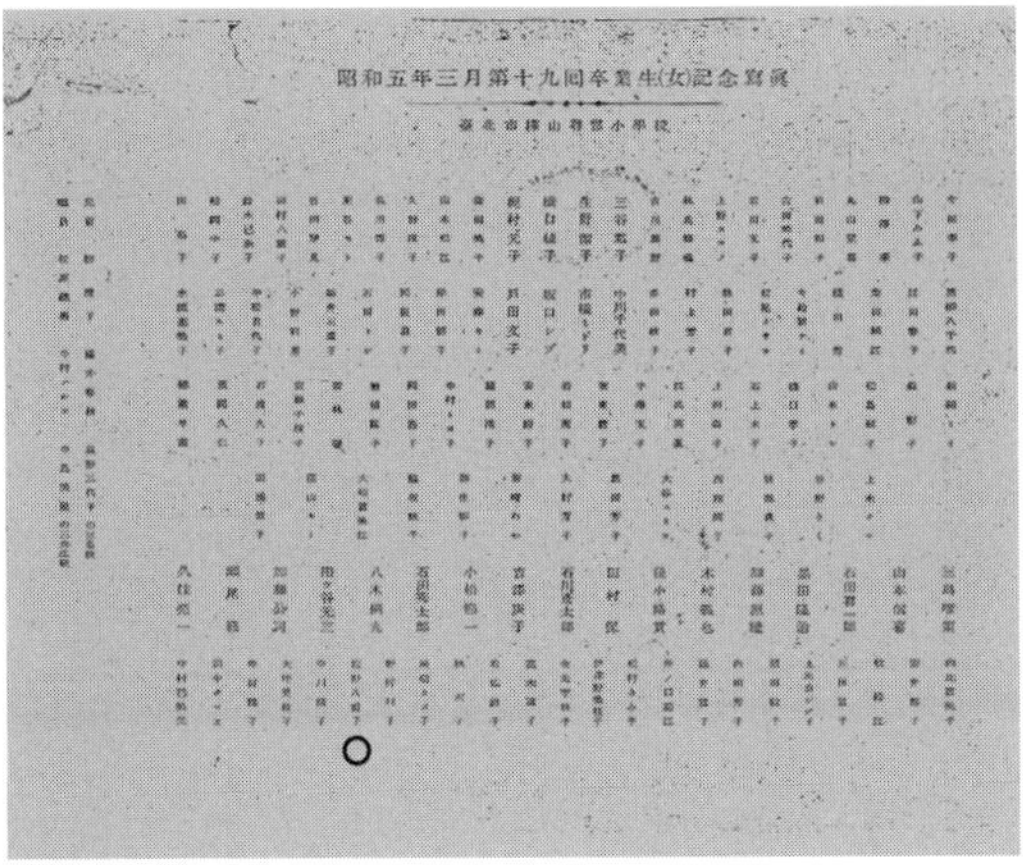
昭和五年三月第十九回卒業生(女)記念寫眞
臺北市樺山尋常小學校

名簿

頃の話を聞かせた。

　庄太郎が十六歳のころ、親から命じられて和紙作りの手伝いに行かされた。場所は柚野《ゆの》というところだった。そこでは楮《こうぞ》の樹皮を剥き、繊維をとって和紙を作っていた。和紙作りは真冬の寒いときに大量の水を使う。庄太郎はそこで紙を作る工程を知った。手がかじかんで辛い作業だった。こんな思いをしてまでも紙作りに精を出す職人の大変さを知った。だから一度や二度使っただけの洟紙を簡単に捨てることはできないと言う。

　八重子に話し終わった後庄太郎は洟をかんだ。もちろんその紙をそっと懐に入れた。八重子はその後何にも言えなくなった。

　八重子は樺山小学校に通った。この写真は昭和五年の樺山小学校の卒業写真である。前列、左から六番目が八重子である。目の大きな浅黒いお転婆娘に育った。

　庄太郎の子育ては、男の子と女の子では違っていた。男は体を鍛え、柔道や剣道などを身につけさせ、読み書きと算盤《そろばん》ができることが肝要と考えていた。子供たちは皆、達筆に育っていった。どの子も火鉢の灰に火掻き棒で書いて文字の練習をしたり、達筆の手紙をもらうと真似て書いたりして、競うように練習した。それぞれが個性的で書体に違いはあるものの、綺麗な書写ができるように育っていった。兄姉弟とも代筆を頼まれることもあった。字体では八重子の文字が最も太字で男らしく、筆記具も太字を好んで使った。一方、源太郎や星太郎の文字は、活字のようで乱れがなく、細字を好み、女性的な書体であった。

女は男だてらに肌を見せず、礼儀作法と一般常識さえ身につければ良いと考えていた。スカートをはいて足を出すことさえ嫌っていた。ブルマーなどはもってのほかだった。

また庄太郎は、「体の中に他の菌を入れるものじゃない」と言って、子供たちに予防接種を受けさせなかった。学校で接種を受ける前日には、注射の痕《あと》のような小さな絆創膏を貼られた。八重子は、いつもクラスで一人だけ接種を受けられないのが嫌だった。

台湾はその頃、東京と同じように発展していた。学ランを着た少年や、セーラー服の少女が台北の街を闊歩するようになっていた。大正十年、台湾教育令が発布され日台共学が実施された。八重子も、おしゃれに憧れるような年ごろへと成長していった。

八重子が樺山小学校を卒業する頃、長男台一は二十三歳になっていた。庄太郎の四人の子は順調に育っていった。

台一は真面目一方で、仕事はきちんとこなすが、どちらかというと進取《しんしゅ》の気性ではなかった。

庄三郎も真面目で正義感が人一倍強かった。弱いものを助け、強いものをくじくような性格だった。弱っていた野良犬を連れて来て、元気になるまで家で面倒をよくみていた。

字が上手いだけでなく、さっと絵を描くのも得意だった。旅館の従業員の癖や仕草など細かいところまで観察し、墨で風刺画を描いた。そして、その画の横に文字を添えてあちこちに張ったりした。描かれた従業員は恥ずかしさに庄三郎を遠ざけていた。旅館の女性従業員たちには避けられていたが、男前であったので、八重子の女学校の友達には恋心を寄せる者もいた。

源太郎はおしゃれで兄弟の中では明朗快活で屈託がなかった。悪く言えば一番ノリが軽かった。おきゃんに育った八重子や仲居さんとチャールストンを踊るような若者だった。もちろん親の目を盗んでの踊りだった。従業員たちには気さくなこの軽さが人気であった。庄三郎とは正反対であった。

外の厳しさを知った方がよいと言われ、台一は内地の大阪で就職した。その台一が大阪で結婚することになり、庄太郎だけが結婚式に出向き式をあげさせた。

結婚式の帰りに、庄太郎は台湾で待っている家族や従業員に土産を買おうと商店街に出かけた。梅田駅の裏を通っていたときだった、目が点になり、その店の前で釘付けになった。庄太郎が見ていたものは坂本龍馬の掛け軸だった。庄太郎の崇拝人物は坂本龍馬で、龍馬の発想や行動力が大好きであった。迷わず店の中に入り、言い値で買い取った。掛け軸の値段は家族には言わなかったが、お土産代の多くを充てたそうだ。

　この掛け軸は庄太郎の私室に飾られ、終戦を迎えるまでずっとそこにあった。

　庄太郎はこの頃、支店を北投に求めて、ハナに台北館を任せてみようかと考えていた。台北館の経営も順調で、資金も潤沢に回っていた。ハナに商才はなくても、自分が台北と北投を行き来すれば二つの旅館経営は可能だと考えたのである。

　ハナは別々に暮らすことに少し抵抗があった。庄太郎の身の回りの世話をする女性が居るのではないかと疑ったのだ。庄太郎に尋ねてみたら、その通りだった。ハナは、別居するならばそういう女性が必要なのではないかとも考えていた。二人は話し合い、別居も女性の存在も認めることにした。

　こうしてハナに台北館を任せ、庄太郎は北投温泉の支店を作ることになった。この時、ハナは五人目の子供を身ごもっていた。

その九　星乃湯　台湾に日本を

北投の旅館は、もともと旅館として営業していたのを庄太郎が買いとったものなので、そのまま少し手を入れ屋号を変えるだけで旅館経営はできた。庄太郎は齢《よわい》五十を迎える年になっていた。

北投の旅館を買った後、庄太郎は付近を見て回ろうと出かけた。旅館の前の右側には地獄谷があり湯気がもうもうと上がっていた。旅館の前の川沿いの道を右に行けば上流、左が下流域であった。北投の駅は下流方面である。旅館からゆっくり歩いても十分程度の距離にある。川沿いの道は風が涼やかで散歩するにも気持ちがよい。旅館の裏手から左に行くと山沿いの道である。表は川で、裏は山。旅館の立地としては、暑さを逃れることができ、風の吹き抜ける良い立地である。旅館に泊まったお客様が、散策に川沿いの公園には出かけられるが、もっと他に楽しめる場所はないかと、探索に出かけた。

庄太郎は山沿いの道を登ってみた。道と言っても登山道のようである。日陰にはなるが、歩き始めると汗ばんできた。道はだんだん険しくなった。かなり急勾配である。しかも何度も蛇行しながらの道であった。

既に辺りには人影もほとんどなく、ひんやりとした風が吹いていた。庄太郎は風の吹く方に足を延ばした。行く手には切り立った崖があり、崖の岩肌を水が緩やかに流れているのを見た。

小さな滝があった。風の正体はこの滝だなと思って、さらに滝の奥へと進んでいった。すると洞窟のような大きな岩の窪みがあり、そこには水場もあった。道はそこで行き止まりになっていた。

庄太郎は修験道場のようだと思い、体の中が洗われるような心地良さを感じた。同時に懐かしさも覚えた。この感じは何だろうと思い、しばらくそこにとどまって、もう少し味わいたいと思った。手ごろな岩場に腰をおろして目を閉じた。岩場から染み出す水の音、水滴の落ちる音、緩やかな風の音に混じって甘い香りまでしてきた。

庄太郎は山を登ってきた疲れもあったのか、いつの間にか眠りに落ちていった。

眠りの中で夢を見た。夢の中で龍になっていた。龍は空高く舞い、山の上を旋回したあと、しばらく北投の街を見下ろしていた。北投の全貌を見て満足したのか、ひと声吼えると再び山の上を旋回し、小さくうねって洞穴に向けて急降下していった。洞穴の前でブルンと胴体を震わせると、ゆっくりと中に入り、安心したように目を閉じた。

そこは庄太郎が目を閉じて休んでいた洞穴であった。いつの間にか庄太郎は龍ではなくなって、元の庄太郎に戻っていた。龍は庄太郎のそばで、その巨体を横たえて眠っていた。庄太郎は龍の胴体にもたれかかった。温かい体温を感じ、かすかな寝息を聞いた。龍と一緒に寝ているのに怖いとも思わず、龍の腹に手を当てていた。

ハッとして目が覚めた。長い時間眠っていたらしい。すっかり汗も引いて体は冷え切っていたが、すっきりと目が覚めた。庄太郎は、ここは龍穴かもしれないと思った。洞窟を出て周りを見回すと、既に陽も落ち、空は暮れなずんでいた。そろそろ一番星が顔を出すような薄暮《はくぼ》であった。まだ青さが僅かに残っている空に、暮れていく藍色が混じりはじめ、街の灯もチラチラしてきていた。青と藍とオレンジ色に乳白色のような色が混じりあっていた。山の深緑色も伴って、自然の生み出す色調に街の灯が調和しているのを見て、うっとりするような感動を覚えた。

庄太郎は目覚めてからずっと懐かしさを感じていた。どこかで見たような景色だが、ここは初めて来たところだし、見覚えがあるはずがないとも思った。

慣れ親しんできたような景色を見ながらも、何も思い出せずに急いで山を下った。途中で平地を見つけた。登りでは気づかなかったその平地は、谷の方まで続き、すとんと崖になっていた。まるで見晴らし台のような突き出た土地だった。下は断崖絶壁で、そこからは北投の街の全貌が見えた。その景色は、さっき夢の中で龍になって見た北投の街のそれと同じであった。庄太郎は、その眺望の雄大さにあらためて目を見張った。

急いで下山しようと振り向いたとき、星が流れた。その流れ星は、ちょうど庄太郎の旅館の方へ落ちていった。薄暮であるにもかかわらず光輝き、尾を引くように流れた。庄太郎は、その美しさにまたしても息を呑んだ。そして、この山が天星山というのは尤《もっと》もだと納得した。

翌日、夢のことをハナに話そうと台北に戻った。ハナは出産を間近に控えて大きなお腹を抱えていた。庄太郎は早速ハナに北投での夢の話をした。

ニコニコ微笑みながら聞いていたハナは、

「その夢は、あなたが若い頃静岡で見た夢と同じようですね。結婚してから何度か夢の話を聞き、印象に残っていました」と言った。

ハナに言われて、ようやく北投での夢と若い頃見た夢の話がつながった。あのもやもやした既視感の正体は、若い頃見た夢だったのだと分かった。そして自分は、龍に導かれて北投を切り開く役目があったのだと強く自覚した。そしてハナのお腹の子を、あのとき見た彗星《ほうきぼし》に因《ちな》んで「星太郎」と名付けようと決めた。

四男星太郎が生まれたのは昭和二年六月のことであった。星太郎は捨て名を「常夫《つねお》」といった。長男とは実に二十歳の年の差があった。すぐ上の八重子とも九歳の差があった。

この常夫、生まれてから夜泣きがひどく、歩きだすようになってからもハナを困らせた。ハナは庄太郎が台北に来たとき、何か夜泣きをなくす薬や良い方法がないかと尋ねた。庄太郎はしばらく思案し、愛用の日本刀を持ち出してきた。

「何をするのですか?」

びっくりしたハナが心配そうに尋ねた。

庄太郎は抜身を刀掛けに置き、常夫の枕元に据えてから答えた。

「今夜から、こうして寝なさい。刀工がきちんと打ち据えた刀には力が宿る。その力で赤子の夜泣きを止める」

「常夫が夜起きだして這ったりよちよち歩いたりしたら危ないです。万が一、刀に触れたら大けがをするに違いありません。止めてください」

「儂の子だから大丈夫。そうしなさい」

ハナの心配を払いのけるようにして、庄太郎はきっぱりと言った。

半信半疑のハナであったが、自分が気を付けて横で寝るしかないと思って床をとった。不思議なことに、ハナの心配をよそに、常夫の夜泣きはその夜からぴたりと止まった。

このことがあってからひと月が経った。北投と台北とを行き来していた庄太郎が、久しぶりに台北に戻ってきた。玄関から店に入ると、最初に目に飛び込んできたのが四男の星太郎であった。すっかり夜泣きも治り、しっかりした足取りで父に向って歩いてきた。庄太郎は思わず星太郎を抱き上げ、遅くに生まれたこの子を一人前にしなくてはと思った。

と、そのとき「そうだ！　北投の旅館の名を〝星乃湯〟にしよう」と思いついた。天星山という土地の名と、龍の夢の後に見た流れ星と星太郎に因んで「星乃湯」と命名した。

台北館と星乃湯。二つの旅館の経営はうまくいっていた。ハナと庄太郎も別居はしていても冷え切った仲ではなく、気持ちはつながっていた。ただ、幼い子供たちはそれぞれに成長し、庄太郎とハナの別居生活に疑問を持つような歳になっていた。そして、庄太郎にハナ以外の女性が存在することに気付いた。正義感が特に強かった庄三郎と八重子がすぐに反応した。庄太郎への尊敬の念が強かっただけに芽生えた嫌悪感は強くなっていった。

まず二人してハナに「どうして別居を認めたの？」と詰め寄った。

「お父さんと話し合って決めたことだから」とハナは取り合わなかった。

母親では埒《らち》があかないと思った二人は、今度は庄太郎に直談判することにした。あの厳しい怖い親に向かって、真正面から意見を言いに行くことにしたのである。

「お父さん、話があります。」

「どうした？　二人とも怖い顔をして、何かあったのか」

「きっぱりとあの人と手を切ってください」

庄太郎は黙って子供たちの顔を見た。心の中は苦り切っていた。

「二人で決めました。手を切らないなら、もう決してお父さんとは呼びません。ここには二度と来ることはありません」と

そう告げて、二人は返事を待たずに踵《きびす》を返してその場を立ち去った。

このことが数日間、庄太郎を重い気持ちにした。どうしたものかと、あれこれと考えて憂鬱な顔をして過ごした。周りの者はそんな庄太郎を見たことがなかったので、どこか身体でも悪

いのだろうかと噂しあった。

ふだんとは違う庄太郎の様子を見て察したのか、その女性から思わぬ申し出を受けた。「庄太郎様、私の役目は済んだようです。ありがとうございました」と手をついて言われたのである。女性の言葉を聞いて、庄太郎は自分の非を痛感した。そして、ハナや子供たちばかりでなく、この人まで苦しい思いをさせていたことに気付いた。

「すまない」

庄太郎も深々と頭を下げた。

庄太郎の懺悔《ざんげ》の日々が始まった。庄太郎は自問自答の日々を過ごした。自分は何をしに台湾に来たのか。故郷に錦を飾りに来たはずなのに、まだ道は中途ではないか。いったい何をしていたのだと自分を叱咤《しった》した。

それに、このところ毎日のように龍の夢を見るようになっていた。夢の中で龍が、自分に何かを告げているように感じていた。その感じは日増しに大きくなっていった。全身全霊で龍の夢を叶えたい。そのためには、もう一度家族全員の力を借りて頑張ってみたいという思いに至った。

自分もハナも歳をとってきた。これからは別々になることなく一緒に暮らそう。大きくなった子供たちの力も借りよう。それに、夢で見た景色を現実のものにして、思い切った旅館経営をしようと決心した。

庄太郎は次のような計画を立てた。
○旅館を建て替えて、純和風旅館にすること。
○裏山全体を取得して見晴らし台を作ること。それも、北投の多くの人たちが利用できる見晴らし台を作ること。
○見晴らし台までの自動車道路を造ること。
これらを実現させれば、多くの人が楽しめるような温泉宿になると思った。

決断した後の庄太郎の動きは速かった。資金が足りない分は台北館を売ったお金で賄《まかな》う算段をした。

翌日台北に戻り、まずハナに謝った。それから庄三郎と八重子に謝った。二人はこのとき初めて、頭を下げる父親の姿を見た。ハナも子供たちも庄太郎のことを許した。

庄太郎は従業員も含めて皆を集め、北投でこれから実行しようとしている計画について話した。従業員たちに「辞める者には退職金を支払い、ついてくる者は歓迎する」と伝えた。

こうして、庄太郎とハナの別居生活は数年で終わり、久しぶりに家族全員での生活が始まった。

台北館の裏の井戸の横には、庄三郎が大病を患ったときに祈願して植えた楠《くすのき》が大木となっていた。また、玄関には台湾ガジュマルが門の形に青々として生い茂り、台北表町の名物になっていた。他にも、台北で暮らしたハナや子供たちの思い出が沢山あった。

三階建ての煉瓦造りの建物に、床の置物、夜具一式全部を付けて、中島金八氏に八万円で売った。台北を出るとき隣近所の人が集まり、皆涙を流して別れを惜しんでくれた。

この資金を元に庄太郎の旅館造りが始まった。まずは「星乃湯」を一から建て直すことにした。日本式の旅館への大改装であった。かねてから頭にあったことを一つ一つ具体化していった。それは、台湾に合わせて台湾煉瓦で作った台北館のようなものではなく、日本の旅館を台湾にもって来ることであった。

台湾に骨を埋めようと決心したのなら、故郷に錦を飾るのではなく台湾に錦を飾れば良いと考えたのだ。勇躍一人富士宮を出てきた庄太郎が飾る錦は、ここ北投であればよい。それが、龍が告げていることだと思い立った。

庄太郎設計の五重塔の石塔である。大騒ぎしながら建立したという記述がある。

錦の一つが石灯篭や故郷の大石寺の五重塔を模した石の塔だった。石塔は自ら設計し、図面を描いて注文した。庭に設置する場所も、各部屋から見えるように細かく指示した。庭は日本式庭園である。日本式庭園はガジュマルではなく、故郷の松でなければならない。庄太郎は静岡の三保の松原を思い浮かべた。小さな苗木ではあったが、松の苗木を日本から取り寄せた。そのうち、生まれ育った富士の宮からは松の種まで取り寄せ、種から苗作りを始めた。こうして、松やサツキに石塔や大小の岩を配置した庭園が出来上がった。庭には池も作り、橋を渡して錦鯉を泳がせた。

旅館を建て直す材料にも庄太郎は口を出した。材木屋に出向き、木材を吟味した。吟味して選んだ木材を、一部屋ごとに天井の材を違えるように製材所に回した。

「星乃湯」の部屋は、部屋を変わるごとに天井板が変わり、部屋の趣が変わる趣向にした。男湯、女湯、家族湯二つ、そして佐野家の湯と、合わせて五つの温泉場を作った。完成披露には一族全てを招待し、北投の芸者衆も呼んで盛大に行った。

さらに次の計画に進んだ。夢に見た裏山全部を買い取り、裏山に通じる自動車道路を造る計画だった。

道路建設に着手する最初の日、募集して雇った苦力二十余名を連れて、店の前から出発した。行き先はあの見晴らし台のような突き出た平地である。苦力の中に混じって庄三郎もいた。皆で力を合わせたいと思った庄三郎の顔も久しぶりに晴れやかさを取り戻していた。

店の前には川があり、既に大きな道ができていた。そこから出発して、あの龍と寝た洞窟までの道を作るのだ。まずは苦力たちに、あの素晴らしい景色を見せたいと思い、皆を引き連れながら山を登った。

北投、「星乃湯」兼自宅の玄関で撮った写真。背景に庭、石塔、五重塔が写っており、庄太郎設計との記述あり。後列右から二番目はキンテア。精悍で鋭い目つきをしている。

山の道は長い年月に風雨で削られてできた、いわば自然が作り出した最も安定した道で、そこを人や獣が通って踏み固めてきた。その安定した形に手を入れて整えようとしているのだ。山を削り、崖を削り、削った土で窪みを埋めて道を広げる。並大抵のことではできない。

そのために庄太郎が初めにしたことは、苦力たちに「なるほど」と思わせる景色を見せることだった。そうすることで皆の働く意欲を高めたいと考えた。

細い山道を皆で進み、見晴らし台に連れて行き、雄大な北投の景色を見せた。

「ほう！」

苦力たちは登ってきた疲れも忘れて、一様に驚きの声を発した。

庄太郎は皆を並べて言った。

「宿から、ここまで道を切り開く。簡単ではないが、皆の力を合わせて造りたい。道ができれば車でここまで来られるようになる。足が達者な者にも、年寄りや足が弱い者にも、ここからの景色を見せることができる。皆の親や奥さんや思いの人を連れてくることもできる。

北投の人には憩いの場となり、台北や海外からやってきた人たちには北投の良さを発見して喜んでもらえる場となる。そうやって外から人が集まれば、ここ北投はもっと栄える。温泉で保養するだけでなく、見どころが増える。

この土地は儂の所有だが、皆が堂々と通っても良いようにする。通行料をとることはなく、みんなのための道路にしたい。

どうか、皆の力を貸してくれ。

儂の生まれ故郷は内地の静岡だ。しかし、儂を育ててくれたのは台湾だ。この台湾、北投は第二の故郷だと思っている。この北投の街を豊かにすることが儂の台湾への恩返しだ。儂は、ここに骨を埋めたい」

庄太郎は演説をしているように力強く語った。

聞いていた苦力の多くは、この親方についていきたいと思った。

翌日、ツルハシやシャベル、槌などの道具を片手に多くの苦力が集まった。

苦力は日雇いで雇っていた。始めに仕事の内容を説明し、内容に応じて苦力たちを振り分けた。そして、その日の最後には働きに応じて給金を支払った。苦力たちの動きをよく把握していたので、よく働いた苦力には給金を多く支払い、あまり働かない苦力は翌日からは雇わなかった。

庄太郎はどこで学んだのか、歩幅と二本の棒と紐で測量を行った。測量をするたびに印をつけ道の勾配を決めた。苦力たちに掘る場所、埋める場所を指示して道を広げ、勾配を付けていった。庄太郎自身も槌やツルハシをふるい、掘って出た土を窪みに運んだ。

右から庄太郎と庄三郎、源太郎。
私設道路を造っている頃。

少しずつだが、着実に道路は出来上がっていった。

還暦を回った庄太郎が自ら槌をふるい、額に汗して働き、的確な指示をする姿に、苦力たちは信頼を寄せた。

雇った苦力は若者がほとんどだったが、一人だけ四十代の男がいた。名を陳《ちん》といった。若者たちの信望が厚く何かと相談を受けているようだった。庄太郎は陳を苦力頭に据えた。陳は近くの金山で十年に渡って働いた経験があった。金山を辞めたのは、一緒に働いていた兄を落盤事故で亡くしたからだった。陳もそのとき足を痛めたため、引きずるような独特の歩き方をしていた。

陳は掘削《くっさく》の動きに無駄がなく地層の向きをすぐに見極めていた。庄太郎が自ら決断したことを陳に指示すると、手際よく苦力たちに伝えた。路肩の弱いところの補修の仕方や迂回するべきかどうかなど、陳と相談することもあった。

工事は思いのほか捗《はかど》った。

何度もうねるように蛇行しながら道幅が広がっていった。あたかも龍が悠然と空を泳いでいるような道になっていった。

あるとき苦力の一人が青い顔をして、庄太郎のもとに飛び込んできた。一日の労働が終わり、その日の日当を支払い、ほっと一息ついていたところであった。

苦力が言うには、病気の母親が重体になり最期を看取りたいので、明日は工事に参加できないということであった。庄太郎は、その苦力に、

「心配しないで行きなさい。お前の働きはよくわかっている。少々休んだら、また力を貸してもらいたい。それより早くお母さんの所へ行きなさい。そうだ、儂も一緒にお見舞いに行こう」と言った。

苦力は恐縮したが、庄太郎の好意を断るわけにもいかず、そこから半時ばかり歩いて自分の家まで案内した。

家に着くと、既に母親は亡くなっていた。傍らにいた父親らしき男が泣き崩れていた。隣家の人たちの手で、簡単な通夜らしき準備を整えようとしていたところだった。母親のために棺

が用意されていた。既に死後硬直が始まっていたのか、遺体は固くなっていた。棺に入れる前に手を胸の前に合わせることもできず、目を閉じてやることもできずにいた。

隣家の人たちが途方にくれ始めていたとき、庄太郎はいつも胸に仕舞い込んである経本を取り出した。

「できるかどうか分からないが、やってみる。よいか」と訊いた。

遺体の周りを囲んでいた人たちの輪が緩んで、庄太郎へ道を開けた。

庄太郎は懐から陀羅尼経を取り出した。

不動尊建立の手洗い鉢の前での、庄太郎と星太郎。

遺族は、この人は何をするつもりなのかと固唾を呑んで見守った。

皆が凝視している中、見ず知らずの肌の黒い背の低い日本人が、変な経文を唱え始めた。

「アニマネママネシレシャリテ……」

これは何だろう。皆は何かの呪《まじな》いかなと思った。

経文を唱え終わると、庄太郎は経本で遺体を擦《さす》った。不思議なことに遺体の硬直は収まった。目も安らかに閉じることができ、棺に安置することができるようになった。固唾を呑んで見ていた人々に小さなどよめきが走った。この主人は、何かしら霊力のようなものを持っていると思った。

その思いは尊敬の念と、わざわざ駆けつけてくれたことへの感謝の気持ちとが合わさって、ますます庄太郎への信頼が深まった。

苦力仲間に、この出来事はすぐに伝わった。

その後、庄太郎の指示はさらに浸透するようになり、工事は急ピッチで進んだ。こうして起点が「星乃湯」、終点が洞窟までの私設道路が完成した。

庄太郎は工事を進めながら、別の思いが沸いてきていた。それは日蓮宗への感謝の気持ちであった。さほど修行をしているわけでもないのに、荒波の航海を乗り切ることができたし、苦力たちの信頼も得た。それは自分だけの力ではないことに気付き、一重《ひとえ》に日蓮宗のお経の力によるものではないかという思いに駆られ始めた。

庄太郎は、この道路の終点にある滝や洞窟に日蓮宗をお祀りし、感謝を唱える道場にもしたいと思った。

奥北投一帯のほとんどが庄太郎の所有となっていった。この頃が庄太郎の絶頂であったのかもしれない。余剰の敷地には、料理屋である「佳山」「うぐいす」「花月」など九軒に貸し、地代も入るようになった（今この道路は台湾の国道に指定されていると聞く）。

さらに、流れ星を見た平地には休憩所と見晴らし台を作り、北投の人たちの憩いの場となった。

夢に描いた建設がほぼ終わった。

最後に、庄太郎はあの滝の横にお不動様を建立した。

願主は佐野庄太郎。

制作人は京都市今熊野日吉町　山川勇松　辷石《はねいし》。

入魂後、毎年法要が行えるよう日本家屋を造り、中に御祖師様を安置。太鼓、木魚等を置いた。

その二年後、庄太郎は蛇を袋に入れて研究所に売りに行く人とばったり出会った。袋の中の直径五センチくらいの青大将の背に、叩かれた傷があった。可哀そうだと思った庄太郎は、この蛇をその場で買った。

「これからは人の目に触れないように生きていくのだぞ。この山を守って不動様のお使いになるのだぞ」

と蛇に言い聞かせて、自分の滝に逃がしてやった。

数年後、基隆《きいるん》の行者がこの滝に打たれ、二十一日間の断食の行を行った。満願の日、庄太郎は食事を持って、朝から山に登った。

滝の前に来た時、岩の上を大蛇が通った気がした。岩に登って調べてみると蛇の抜け殻があった。しかもその抜け殻には、背中に傷の痕《あと》があった。

庄太郎は、これをご神体として我が家に祀り、あわせて青龍明神を滝の横に建立した（現在もこの滝と青龍明神と寺は残っていて、台湾の観光地となっている。筆者が訪ねたとき、この寺の若い人が、なぜ日本の太鼓があるのか分からずにいたので、持参した写真を見せて説明すると、びっくりしていた）。

こうして、龍に導かれるようにして工事は完了した。あの青大将が龍の化身となって、滝の守り神として北投の街を守ってくれると信じた。

庄太郎が不動明王を祀ったのは、酉年《とりどし》の人々を守る守護本尊として、商売繁盛、家内安全などを願う神だからである。不動明王信仰は大日如来信仰がもととなっている。大日如来とは、日本では平安時代に浸透した密教において最高仏として位置づけられている仏である。この大日如来信仰は富士信仰の対象ともなっていた。富士山からのご来光を拝むのも、そうした信仰がベースとなっている。その大日如来を守る五大明王の中心が不動明王である。密教特有の尊格であるが、大日如来の化身とも言われ、真言宗をはじめとして密教だけでなく、天台宗や禅宗や庄太郎の信仰する日蓮宗、および修験道でも幅広く信仰されてきたものである。

「星乃湯」の部屋で庄太郎と八重子がくつろいでいたとき、部屋の外でズズッという音がした。その音は旅館の外から庭を回り、裏山の方へと続いて聞こえなくなった。

「我が家の守り神がお姿を現した」と庄太郎は言った。

翌朝、八重子とともに音のした庭先から裏山にかけて見て回ると、大きな蛇と思われる抜け殻があった。八重子の両手を広げても余るほどの長さで、その背には傷があった。

庄太郎はこの抜け殻を小さく切って、子供たちや従業員に分け与えた。貰った者の多くは財布に入れた。金運がよくなると思ったようだ。庄太郎は、一つを仏壇に供えた。

庄太郎はこれまで、滝の裏とこの庭の裏で何度か抜け殻を見ていた。蛇はこの場所から佐野家の風呂の裏を通り、山に戻っていくようだと八重子に教えた。毎年のように、蛇がお礼にお姿を現してくれているのだそうだ。八重子も一人で入浴しているときに、あのズズズッという音を聞いたことがあった。庄太郎から話を聞いていたので、その時は怖いとは思わなかった。

私設道路を造っているときの苦力、庄太郎、成長した星太郎、「星乃湯」の玄関での写真。
上の写真に天星山の記述がある。

日蓮宗への感謝を示すために、庄太郎は静岡天母山道場から日蓮宗の僧一人を毎年招いていた十月三十日に、日蓮聖人のお会式をこの不動尊の山で盛大に催すためであった。お参りに来られる人々には、お赤飯とお煮しめの弁当で接待し、供養とした。

また四月二十八日は、お不動様のお祭りの日であった。この日も同じように接待し供養とした。台北での所縁《ゆかり》の人たちも、一緒に苦労した苦力たちも招待して、大勢の人たちが参加した。この日に炊いた赤飯は二俵にのぼったという。

また、天星山法華道場を築いてお詣りする人を募った。白装束に身を固め、八十八か所巡りのようなお参りを励行した。

こうして、庄太郎の描いた「台湾に日本をもってくる」という壮大な計画が現実のものとなって出来上がった。

戦後　八重子が李さんの案内で不動尊にお詣りしたときの写真。私設道路が舗装拡張されていること、恰幅の良い男女が境内を履き清めていること。陳俊銘という人から名刺を渡され、不動尊と青龍明神の謂れを尋ねられたので、後日詳しい経緯を教えたこと。七十八体の観音様と台一兄の文字がまだ倉庫に保管されていたという記述がある。

「星乃湯」は台湾では珍しい日本式庭園を持つ純和風旅館となり、台湾での温泉の習慣にも一役買った。これには「星乃湯」の温泉が持つ効能も大きく関与していた。

庄太郎は家族湯に浸かり、

不動尊の入り口、無料休憩所、
不動尊の写真。

八重子17歳の時の写真。台北館を売って、「星乃湯」を造った経緯が記述されている。落成の時の嬉しそうな庄太郎という記述があるが、写真は剥がれている。

一日の疲れを癒していた。湯船の隅には、見た目にはよくない「湯の花」がついていた。この温泉に浸かるようになってから、家族や従業員の肌艶がよくなってきたように思われた。子供のあせもや湿疹に効くこの湯や、湯船についた湯の花の使い道をぼんやりと考えながら湯を後にした。

その日の夕餉《ゆうげ》に冷奴が出ていた。豆腐に箸をつけ、薬味の生姜《しょうが》やネギを混ぜ込んだ。

その時、庄太郎の箸が止まった。

「ひさこ、店に置いてある湯の花を持ってきてくれ」

八重子《ひさこ》は、怪訝そうな顔をして湯の花の入った瓶を持ってきた。

「ありがとう」

瓶を受け取った庄太郎は、スプーンで湯の花を取り出した。そして「やってみるか」

天星山法華道場御仏前の写真。引き揚げの際、多くの写真、特に軍関係のものを焼いたと言う記述がある。渡台からの終戦までの簡単な経緯が分かる。

不動尊への寒行の写真。男性は、静岡の天母山から来て、堂守りをしていただいている佐野福蔵さん。前列右端は佐野ハナ。

と湯の花を眺めて言った。

先に食していた豆腐を小皿にとりわけ、湯の花を混ぜだした。その様子を見ながら、「うまくいくかもしれない」とつぶやいた。夕餉に出された豆腐と生姜を混ぜるとき、生姜が湯の花に見えたことから思いついたのだった。

翌日、庄太郎は豆腐と湯の花の配合をいろいろと試してみた。配合の割合を見ながら自分の手に塗ってみた。

豆腐は風邪などで熱が出たときに、熱をとるための湿布として使う民間療法があったので、湯の花を混ぜ合わせた湿布は湿疹に使えるのではないかと考えた。また、湯の花の使い方を温泉のお客に教えて、入浴できない時でも「星乃湯」が役に立てばと思ったのである。

試行錯誤を繰り返し、最後にメリケン粉を加

年に二回行ったという、不動尊のお祭り。多くの人を招待していたことが分かる。赤飯二俵などを振舞っていたという記述が見える。貴重な写真である。

えると、湿布が出来上がった。

この湿布が思いの外、湿疹やあせもによく効いた。

こうして湯の花が配合された豆腐を湿疹の湿布として使えるようにし、長湯治のお客やご老人などに、庄太郎自らが塗ってあげることもあった。

湿疹や美肌に良いという評判が立つようになり、「星乃湯」はさらに繁盛した。

戦前戦後を通じて、この「星乃湯」には、皇族や政財界の人たちを含めて多くの日本人が泊まった。

また、台湾では信仰のない不動尊信仰の跡が、現在でも残っている。

後日談であるが、台湾の学者が、台湾で信仰のない不動尊が祀られているのを不思議に思い、

「星乃湯」を戦後、尚、八重子、益興、佳代子（益興の妻）と訪ねたときの写真。離れから見た観音山、十番の部屋がぶっ通しの広間、「星乃湯」の庭の大きくなった庭木、錦鯉の泳ぐ池の写真。

戦後、八重子が「星乃湯」を訪れたときの「星乃湯」のパンフレット。戦後のものである。改築されているもの、当時のまま残っているものが記述されている。

その謂れを知りたがった。人づてに八重子の元にその旨を知らせる手紙がきた。八重子はいきさつを詳しく手紙にしたため、学者に返信した。それが台湾紀行の案内として、現在ネットに掲載（台湾語）されている。

その十　八重子の子育て②

材木町に住んでいた頃である。尚と八重子と長女宣子に長男の益興の四人は、千々石の喜楽から長崎市材木町に越してきた。まだ借金は残っており、尚が海苔や海産物の行商をしたり、大阪の兄に海産物を送り集金してもらったりもしたが思わしくなかった。

材木町に越して一か月が経った頃、新平夫婦が夜逃げしてきた。新平は台湾時代に、洋服屋の開店資金をと泣きついてきたことがある。日本で衣類の統制が始まった時代で、台湾も仕入れが困難なときだった。父庄太郎や兄源太郎などが八方手を尽くし、開店の祝いも兼ねて二千円余り（現在で言えば五十万くらいか）持たせて帰したことがあった。

それにもかかわらず、引き揚げて来た実兄である尚たちに一銭も返すことがなかった。それればかりか、茶箪笥一つと交換に千六百円も取っていった。挙句に、整理箪笥も分けてやるから二千円くれと要求してきた。

この弟新平のために、尚は官憲につかまって刑務所に入れられたこともある。義理ということを知らない、なんて根性の汚い夫婦かと八重子は思った。追い返してやろうかと思ったが、してやれる方がしてもらう方よりましな生き方だと思い、十五日間、面倒をみた。

新平夫婦にちょうど良い家が見つかり、店を出したいと言ってきた。店を出すと言っても、新平のミシンは借金のかたに取られていて何もない。仕方なくこちらが借金をして、千々石で税金の未払を清算してやった。まだ小さかった益興を背負い、やっとの思いで手続きをとった。新平たちは夜逃げ同然でトラックで長崎に来たので、トラック賃まで払ってやった。挙句、静香（新平の妻）は服も持っていなかったので、八重子は夜鍋をしてまで縫って着せた。

こうして八重子たちは材木町で、新平夫婦は籠町で店を構えた。

新平はそれ相応の店を構えているというのに、こちらはバラック住まいであった。手に技術のある新平は洋服を縫い商売をしていくことができたが、手に職を持たない八重子たちは、慎ましくしてコツコツ働くしかなかった。引揚者に応援してくれる人もなく、知人もいなかった。尚の親戚にはろくな人はいなかった。気は焦るばかり、資本はなくなるばかりであった。尚に益興を頼み、八重子はミシンを使って洋裁の内職をした。少しでも生活の足しにと頑張った。

夕食の準備をしているときだった。尚が帰ってきて益興と遊んでいた。見ると、デンデン太鼓（紐に重りがついて、指で柄を回すと音が鳴るおもちゃ）を持って、益興と興じていた。八重子は尚に言った。

「そのデンデン太鼓はどうしたの？」

「益興の誕生日に何もしてやれないから、安かったので買ってきた」と尚は答えた。

八重子は尚の気持ちも分かったが、この借金苦の状況で、おもちゃなどに無駄なお金を使う余裕はないと思った。

「今すぐ、返してきて！」

八重子は激高して言った。

尚は何も言わず返しに行った。デンデン太鼓を握りしめ、おもちゃ屋に行く道々、これまでのことを思い返していた。

長崎からギュウギュウ詰めの列車に飛び乗るようにして乗り込んだこと。列車の連結部分で過ごしたりしながら、義兄台一のいる神戸まで行ったこと。神戸では、大量に衣類を仕入れて長崎で売ったこと。台湾で庄太郎や佐野家のみんなから温かい歓迎を受けたことなど、あれやこれやの出来事が断片的に思い出された。

義父庄太郎は、金柿に務めている自分を認めてくれていた。弟新平のせいで八重子と幼い宣子を残し、佐世保の刑務所に入ったこともあった。台湾から引き揚げて来て、飯岳から千々石、そして材木町と住むところが変わった。毎日の糧を得るための行商を、脇目もふらずに頑張ってきた。ひもじさを堪えもした。そして今は、少しずつではあるが、自分たちの裁量で生活できるところまで漕ぎつけてきた。もうひと踏ん張りだと思った。

八重子には確かに苦労をかけてきた。今順調な新平たちが、こちらに手を差し伸べることがないことに、八重子は腹が立っているのだろう。怒るのも無理はない。こんなおもちゃ一つで、生き死に関わるほど、どうこういうことではない。けれども、借金を返すまでは子供たちには我慢してもらおうと決心した。

それ以来、尚は一度も子供たちにおもちゃを買ってやることはなかった。

その後、成長していった益興はもとより、後に生まれた剛衛にも、おもちゃを買い与えなかった。

かまぼこ板の両端にくぎを打ち付け、輪ゴムを張り、「ギターだ」と言ったり、ボタンに紐を通して音のなるおもちゃを作ってやったり、相撲の相手をしてやったりするのが関の山であった。

「もうひと踏ん張り。後ひと頑張り」と尚は自分に言い聞かせて暮らしていた。

益興に買ってやったおもちゃの一件があった後、尚と八重子は思い切って、なけなしのお金を海産物問屋に投資した。しかし、投資した資金は焦げついてしまい、一銭も戻ってこなかった。思い余った挙句、堅物《かたぶつ》で通っていた質屋の岩村氏に相談に行った。岩村氏は、尚が行商していたときに知り合った人物で、彼が質屋をするように勧めてくれたことが質屋をするきっかけとなった。これが、尚と八重子が質屋を開業するまでのいきさつだった。

昭和二十六年二月四日、八重子の名義で営業許可をとり、本石灰町《もとしっくいまち》五五の岩村氏方で質屋を開業した。一銭も自己資金がない状態で金貸し業をしたのは自分たちしかいないだろうと、八重子は思った。

岩村氏の親戚より九万円、熊本の河崎氏より五万円、千々石のフヨさんより八万円、椿山氏より五万円を借金しての開業であり、生活であった。ここで失敗したら、もう後がないという状況だった。尚は、昼間は海苔の行商、八重子は質屋開業の傍ら洋裁の内職を続けた。思い起こせば、こうしたピンチの時には、必ずと言えるほど誰かが手を差し伸べてくれていた。

八重子自身が苦しい生活をしているので、質入れに来る人たちの心理状態がよく分かる気がした。八重子はむごいことをする気にはならず、わりと高めに貸すことが多かった。それが、かえって良かったのかもしれない。固定の客がつくようになった。

ただ、庄太郎から聞いてきた「人を見るときの心得」を思い出して、客の目や顔の表情、人相などはよく見るようにしていた。お陰で資金を回収できないことはほとんどなかった。

こうして固定客も徐々に増えていき、住まいである材木町で質屋を開業するまでにいたった。あるとき、信用のある客がきた。質草を流すことのない人で、返済できない時もきちんと期限内に利子を支払う人だった。今回の質草はダイヤの埋め込まれた金の指輪であった。その質草を預かったが、客の求める金額を貸すお金が手元になかった。

八重子は客の相手を尚に頼み、一枚だけ残っていた自分の着物を持って、こっそり裏口から別の質屋に駆け込んだ。こうして金策をして何食わぬ顔で店に戻った。客の要望より少し低めだがお金を貸すことができた。

「あそこへ行けば、何とかしてくれる」という信用がほしかった。着物と指輪では元本の額が違うので、割に合う計算でもあった。

質屋がうまくいきかけた頃、昭和二十六年十一月十三日に盗難に入られた。尚の礼服と一張羅の背広をとられてしまった。

八重子は、泥棒に入られたのは、忙しさのあまりに履物を揃えるのを忘れたのではないかと思って玄関を見に行った。玄関の履物はひどく乱雑ではなかったが、庄太郎から躾けられた「きちんと」というには程遠かった。八重子は、忙しくてもこういうことはしっかり確認しないといけないと、反省した。

さらに悪いことに尚の目がソコヒとなり、放っておけば正月を迎える頃には失明すると言われた。十二月、大学病院に入院。一月七日退院。この費用は大阪の兄台一から五千円、源太郎から五千円、弟の星太郎から二千円を借りて何とか賄った。

このとき八重子は三人目の子を身ごもっていた。次男の剛衛《たかもり》である。

八重子は質屋を続けながら深夜まで洋服の仕立てをし、尚は定期的な収入を得るために就職した。お金の余裕はなくても、気が張っていたので、二人とも元気だった。

質屋業もようやく軌道に乗り、フヨさん、河崎氏、岩村氏への借金を返済することができた。手元には僅かなお金しか残らなかったが、これからも慎ましく、子供たちの将来のためにも懸命に働かなければと思った。

受けた恩は忘れてはいけない。他人を泣かせてはいけない。他人を泣かせても決して幸福は築かれない。地に足を付けた、分相応の生活を続ける。意地を持つ。馬鹿にされたらその悔しさを発条《ばね》にして頑張る。めそめそせず、必ず見返してやる。庄太郎やハナから学んできたこうした教えを、子供たちにきちんと伝えなくてはと八重子は強く思った。

その十一　それぞれの巣立ち

庄太郎とハナの「星乃湯」の経営は順調に進んでいった。台湾も国際都市になり、以前の疫病やペストの流行などを克服し、日本の統治もうまくいっていた。「星乃湯」に逗留する外国の旅行者も増えてきた。

庄太郎は、こうした客への対応ができるように、せめて日常の英語ができる従業員が必要だと感じていた。日常の英語くらいは話せるようにするため、小間使いで雇った北投の少年を思い切って、居留している外人の世話に行かせた。この若い台湾人は、なんと、ひと月足らずで日常の英会話ができるようになって戻ってきた。

庄太郎はこうした進取《しんしゅ》の気性を持っていたが、その頃のくつろぎの時間といえば、ラジオで浪曲を聞くことだった。浪曲が始まると、庄太郎は正座して聞いた。ところが子供たちも部屋に呼び寄せられ、正座もさせられて、一緒に浪曲を聞かされたのである。

まだ幼かった星太郎は、単調な節と語りの浪曲のすばらしさが分からず、「足は痺れるし意味は分からないし、正座を崩すと怒られるし、本当に嫌だった」と後によく語っていた。

ハナは外国人に日本の着物の着付けをしたり、お茶やお花を含めた作法を教えたりして過ごしていた。

ある日、庄太郎の造った私設道路を見学に、台湾工科大学の先生と生徒たちが「星乃湯」を

大阪で働いていた頃の源太郎

ハナと外国人とのツーショット。ハナは着付けやお茶の作法などを教えていた。

訪ねてきた。庄太郎の歩幅で造っていったという私設道路の調査をしたいとのことだった。

大学の機材を持ち込んで、実地に道路の調査を行った。その結果、勾配の取り方、道路幅の均一さ、道路の堅牢さが分かり、その見事さに太鼓判を押された。大学の先生たちは庄太郎を称賛し、これを独学で学んだやり方でやり遂げたと聞いて感嘆して帰っていった。

その頃、大阪で結婚していた長男台一とノブ（片山乃ぶ）の間に子供ができたという知らせが入った。まだ生まれてはいなかったが、庄太郎はいよいよ孫を持つ年になったのかと嬉しさが込み上げた。同時に家にいる子供たちの巣立ちを早くさせなくてはと思った。既に次男も三男も、社会の厳しさを知らせるために外に働きに出していた。庄三郎は台湾で、源太郎は大阪と上海を往来する仕事について、それぞれ働いていた。

上の三人の成績は悪い方ではなかった。大学に行こうと思えば行けたくらいではあったが、庄太郎は学歴はいらないと思っていた。自らが、実地で学んだ経験をしていたからであろう。学歴はなかったが店の経営ができ、学歴のある人間を雇うこともできた。商品の流通やお金の使い方も学んだ。学歴があるばかりに経営に失敗した多くの人も見てきた。高学歴の役人とも対等に渡り合うことができた。私設道路や旅館、庭の設計も手掛けた。

だから学問や教養は、その気になれば自然と身に付いてくるもので、学ぶ気持ちの謙虚ささえ失わなければ良いと考えていた。

経営にとって大切なのは信用、信頼を得ることである。それさえあれば、人はついてきてくれる。そう思っていた。

子供たちは丈夫な体と、一本強い芯を持った子に育てれば、それで良いと考えていた。ただ躾だけはしっかりと身につけさせていなければと考えていた。

子供たちはそれぞれ個性の違いはあっても、独り立ちし、しっかりと育ってきた。長男から三男までは、そんな親の考えが分かっていたので、進学しようとは思わなかった。殊に庄三郎は学問も運動も優れていたが、既に働きに出ていた。残るは長女の八重子と、まだまだ幼い星太郎であった。八重子は女学校を卒業して十八になっていた。八重子ももちろん進学などは考えもしなかった。

ハナは、実母である一ノ瀬のおばあさんを早くから台湾に呼び寄せていた。八重子は幼い頃から祖母と遊んだ〝おばあちゃん子〟であった。今は寝たきりになっていて、お世話するのは八重子の役目だった。毎日体の位置を変えて褥瘡《じょくそう》ができないようにしたり、柔らかい籐椅子に座らせたり、入浴の介助をしたりと、よくお世話をしていた。

ある夜、庄太郎は八重子を部屋に呼んだ。何だろうと、八重子は緊張して部屋に行った。

「ひさこ（八重子の幼名）、お前も結婚してもよい年ごろになった。お前の結婚相手は決めてある」

庄太郎はいきなり話を切り出した。

星太郎と一ノ瀬の祖母（ハナの母）と八重子の写真。

「えっ、誰ですか？」

唐突な話に八重子はびっくりして、思わずその相手とは誰なのか訊いた。

「儂は佐野商店時代に躓《つまず》いたとき金柿商店から助けられた。立ち直って、今度は失敗した金柿商店を助けた。そのときに金柿と義兄弟の契りを結んだ。そして、お互いの子を結婚させ両家の縁を固いものにしようと約束したんだ。金柿は台北の栄町で明太子や鰹節などの卸をしているが、靖之《やすし》という長男がいる」

「その、靖之という人ですか、結婚する相手というのは？」

「約束通りなら、そういうことになるが、その前に人となりを見ておきたいと思って、儂は時折、金柿に行って、それとなく様子を窺ってきた。金柿はどうも跡継ぎの靖之を甘やかしすぎたようだ。背骨に芯が通っていない。足が地についていない。坊ちゃんすぎる」

そう言って、しばらく黙り込んだ。

八重子はホッとした。見ず知らずの男と結婚しなくて済んだと思った。

だが、庄太郎の話はまだ終わりではなかった。

「靖之はもともと養子なんだ。金柿夫婦には子供ができなかったので、伯父さん夫婦からの養子縁組の子だ。儂は金柿に通うたびに、どうしたものかと悩んだ。靖之と結婚させて、周りで支えてやることもできるかもしれないが、儂も五十四になる。いつまでも生きてはいない」

父親がそんな思いでいたことを八重子は全く知らなかった。

八重子には、結婚と言われて頭に浮かんだ男がいた。「星乃湯」に泊まったこともある、長身で男前の男性だった。口をきいたことがあるわけではないが、こんな人のお嫁になれればいいなあと、漠然とした憧れを持っていた。

庄太郎の話は続いた。

「金柿には奉公人の尚《たかし》という男がいる。長崎の田舎から奉公に出されたらしい。この男は間違いない」

「間違いないって、何が？」

「芯が通っている。陰日向なく一生懸命に働いている。金柿に訊いたら、知り合いの林田というところから頼まれて奉公を引き受けた子だという。靖之とは兄弟分として店に置いているそうだ。この男と一緒になれば、金柿との約束を守ることにもなる。ひさこ、お前の名前も「ひさこ（尚子）」と付けたし、その男も「尚」と同じ漢字を使って「たかし」と名付けられた。何かの縁だと思う」

そう言って、庄太郎は畳に指で「尚」と書いた。

「儂も台湾に出て来るとき最後の地は長崎だった。これも何かのつながりがあるような気がする」

「……」

「尚を初めて見たのは、あれが店の前の掃除をしているときだった。店を閉める前の厄を掃き出す掃除をきちんとしていたので目が留まった。その店が金柿商店だった。言ってみれば儂も皆も、尚から救われたのかもしれない。きっとうまくいく。尚と結婚しなさい」

「……」

八重子は頭の中が真っ白になっていた。

「お前には過ぎた男だ。もったいないくらいだ」と付け加えて、さらに「急な話でびっくりしたろうが、この話は進めていく。今日はよく考えて休みなさい」と告げた。

八重子は部屋に戻って、父に言われたことを思い返してみた。

父は、尚という男は見込みがあるから結婚しなさいと言うが、八重子はまだ納得した訳ではなかった。見ず知らずの男で、奉公人の尚という男を想像してみたが、全く顔が思い浮かばなかった。兄たちの中で近くにいるのは次男の庄三郎だけだったので、明日、庄三郎に相談してみようと思った。頭の中でいろいろなことがぐるぐる回っていたが、いつの間にか眠りについていた。

翌日、庄三郎に相談すると、

「分かった。俺がどんな男か見てきてやろう」と言い、数日後、八重子の元にやってきた。

「台北に行ってきた。金柿商店の前を通るとき中の様子を見てきた。尚という男も見てきた」

「どんな人ですか？」

「う〜ん。よく働く男だった」と言ってしばらく黙った後に、「眼鏡をかけていた。少し度の強そうな眼鏡だった。丈夫そうな男だったよ」と付け加えた。

「目が悪いのかしら。眼鏡をかけているのかしら？」

八重子が頭の中でイメージしていたことが、一つ崩れた。

「それだけ？」

八重子は庄三郎の顔を窺った。

「俺たちも親父の厳しい躾の中で育ってきたが、あの尚《たかし》という男は俺たちとはまた違った経験をしてきたのだろう。胆の据わった顔をしていた。表情があまり変わらない。苦しさや悲しさを呑み込んで堪えて生きてきた男のような気がする」

と言った。さらに「跡継ぎの靖之も見てきたが、二人を比べると親父が尚を選んだのは分かるような気がする」と付け加えた

「分かった。ありがとう。私も見てみたいから、今度のぞきに行こうっと」

「おしゃれで、ハンサムで、パリッとした感じではないからな。はしたない真似はするなよ」

庄三郎はにっこり笑って去って行った。

八重子は覗き見するなんてはしたないことだと思ったが、見ず知らずの男に嫁ぐのには抵抗があったので、ひと目でも見ておきたかった。

そんなとき一ノ瀬のおばあさんの容態が急に悪化した。寝たきりになってからもう十三年になろうとしていた。数日後、体調が急変して静かに息を引き取った。ハナとともに八重子は悲しみに暮れた。同時に、看病や葬儀で忙しく動き回るうちに、尚との結婚話をすっかり忘れていた。

祖母が亡くなるひと月前に、長男台一とノブに子供が生まれた。女の子であった。名をシゲ子と付けた。

塞ぎこむことが多くなった八重子を見て、庄太郎は「お母さんと一緒に大阪に行って、台一の子を見てきてくれ」と言った。

八重子は気分転換にもなるし、初めての内地ということもあって喜んで母に同行した。

大阪に着き、台一兄のところへ行くと、源太郎も上海から来ていた。久しぶりに兄弟妹三人が揃った。

八重子にとっては初めての内地、日本本土である。台湾と気候も風土も違い、街路樹や建物の雰囲気も違う。第一、暑さが違う。台湾の日中の暑さはともかく、夕方のスコールの後の涼しさに慣れている八重子にとって、大阪の蒸し暑さは体に堪えた。結婚話の重苦しさもあって、ずっと重たい気分だった。

ノブ（台一の妻）と第一子の写真。八重子が初めて本土日本に行ったときに写したもの。

「おばあさんは大変だったな。お前もお世話で大変だったろう。台湾からの長旅も疲れたろう」

台一は八重子を労《ねぎら》った。そして「お前、結婚するんだってな。不安があるのは分かるが、親父の見る目は信じた方がいいぞ」と言った。

源太郎も「何やかやと言って、親父の言ったことは絶対だからな。お前も分かるだろう。反対しても無駄だよ。親父からは、やかましく育てられて反発したこともあったが、言ってきたことはやり遂げるし、間違っていないと思うよ」

と言った。

「親父にとって、可愛い一人娘だし、きちんとした婿を選んだと思うよ」

二人の兄は口を揃えて言うのだった。傍で聞いていたハナは黙って微笑んでいた。夫から結婚を説得するように言われたのかもしれないと思って、八重子はハナを見たが、その心は晴れていないように見えた。

八重子が初めて訪れた大阪での写真。台一、源太郎、八重子（前列左端）、ハナ、ノブと第一子

大阪旅行もすぐに終わり台湾に戻った。

台湾に戻ると、八重子の結婚話はどんどん進められていた。庄太郎は金柿家に出向いて、既に話をつけてきていた。跡継ぎの靖之とではなかったことに、金柿は、初めは残念がったが、最後は分かってくれて、喜んでいるとのことだった。

当の尚は面食らっていたが、「私でよければ、お願いします」と頭を下げたそうだ。これでは、八重子一人が反対しても、ただ駄々を捏《こ》ねているだけのようであった。

体中から喜べるような人生の慶賀、華燭の典という感じが全くしなかった。なぜ喜びが沸き上がってこないのか、自分でも分からなかった。八重子は思い余って、尚を見に台北栄町の金柿商店に行くことにした。

「えっ、あの人なの！　男前とはほど遠い……」

遠くから尚を見た八重子驚き、落胆した。

丸眼鏡をかけ、目が細く、鷲鼻である。この人が、父の言うように私に過ぎた男なのかしらと思った。

いろいろと思案したが、最後には決断した。一生に一度だけの親孝行と思って結婚しようと思いを定めた。

林田尚（たかし）の若い頃の写真。珍しく眼鏡を外している。

両家との顔合わせが済み、簡単な宴が開かれた。それが今で言う結婚披露宴のようなものであった。尚は僅かな酒で顔が真っ赤になったが、八重子はお酒を口にしても赤くはならなかった。そればかりか、初めて飲むお酒であったが、おいしいと感じた。勧められるままに少しずつ口に運んでも平気だった。八重子の方が尚より、もともと酒に強い体質だった。

その宴の席で、翌日から列車で新婚旅行に行くことを知らされた。びっくりした八重子は、今日初めて顔を合わせた男と二人きりで旅行に行っても、何を話していいのか分からなかったし、庄太郎へのせめてもの抵抗もあって、「新婚旅行に行くなら常夫を連れて行く」と言い出した。庄太郎は、自分と似て頑固なところがある八重子の提案に驚いたが、それでも尚との結婚がうまくいくならと思い承諾した。前代未聞のことであった。翌日から三人で列車の旅をして、戻ってきた。


こうして結婚生活が始まった。八重子、十九の秋であった。

「あなたにと、家から預かったものがあります。着てください」

八重子は尚に風呂敷き包みを差し出した。中を開けると、新品の下着一式があった。尚にとって初めてと言っていい真っ白の服であった。尚の顔が見る見る赤くなり、ワッと畳にうち伏せた。

「どうしたのかしら、なにか失礼なことをしたのかしら」

八重子はびっくりして尚を見た。

尚は大声を上げて泣き始め、しばらく泣き止まなかった。

「儂は初めて他人様から温かいことをしてもらった。こんなありがたいことがあることを知らなかった」

目を腫らして八重子に言った。

八重子は尚の来し方を思った。尚は母親から身売り同然で奉公に出された子であった。母親は放蕩で困窮してきたら、奉公先にお金を無心してきた。尚はそのたびに、僅かの稼ぎから貯めていた金を送ってやっていた。実家の家や土地は尚が守ってきたのも同然だった。

母親だけではない。弟の新平が洋服店を開くにあたり、必要な資金を無心しに台湾に来たこともあった。尚はそんなとき寡黙になり、感情を押し殺したようにして対応してきていた。

八重子は尚の苦労や思いを想像した。この人は意地のある人かもしれないと思った。晩酌を含めてお酒を飲むこともしない、博打や遊興にふけることもない、黙々と働くことが趣味で生きがいのような人だと思った。尚と力を合わせて、両親のような生活に近づけなければと思い始めていた。

八重子にとっては、親元である旅館を離れての生活である。今まではお手伝いさんもいれば料理人もいた。庄太郎が従業員と分け隔てなく接していたとはいえ、やはりお嬢さんとしての生活であった。そこから、初めて一人で家事を行う生活に変わり、尚の収入に応じた生活をしなければならなくなった。

これまでと違った苦労を感じることはあったし、不便を感じることもあった。しかし、初めての経験を楽しむ気持ちも徐々に芽生えてきた。これまでしたことがないことを体験したり、できなかったことができるようになったりする喜びを感じることもあった。ただ、旅館でやっていた生け花やお茶などの手習い事は、ここですることはなかった。

尚から見た八重子は旅館のお嬢さんであった。しかも、女学校を卒業したばかりである。わが身を振り返ってみれば、国民学校しか出ていなくて、何の学歴もないことに尚は引け目を感じていた。家格からいっても不釣り合いな結婚であった。

確実に自分の方が上回っているものといえば、腕力と店で扱う商品を見る目だけだと思った。この鰹節はどこの産で、どれくらいのものか、明太子を樽に漬けるとき、唐辛子はどれくらい入れれば良いか、尚はそういうことなら負けない。

そんな自分を「星乃湯」の主人が自分を見込んでくれて、その一人娘の結婚相手に選んでくれたのだから、少しでも八重子に楽しい思いをさせてやりたい。そのためには、さらに仕事に精を出さなければと思った。

八重子は地に足を付けた生活ということを、庄太郎から叩き込まれていたし、庄太郎への意地もあったので、北投に助けを求めることなく頑張った。緊張感を伴う新しい生活であった。

二人の生活は楽しいこともあった。乾物屋の裏で鼠の死体を見つけたとき、八重子は尚に言って、店の使い古しの包装紙を持ってきてもらった。そして、その包装紙に鼠の死体を丁寧に包み、尚に店の前の往来に置いてきてもらった。往来を行く人がこの包みをどうするのか、二人して覗き見ようという悪戯《いたづら》であった。

鼠と言えばペスト菌を媒介する悪魔のように思われていた。台湾はこのペストとの戦いを潜り抜けてきた歴史がある。統計によると、一八九六年から一九一七年の間、ペスト菌罹患者は三万人を超えた。死者はそのうち二万四千人に上り、死亡率は八〇％を超えていた。鼠を捕獲して役場に持参すると、一匹当たり五銭の賞金と懸賞券をもらえた。懸賞券を一定数集めると抽選会に参加できた。一等五円が抽選会の賞品であった。総督府は鼠の捕獲を奨励し、捕獲数を新聞に掲載したほど鼠には神経をとがらせてきた。そんな時代を潜り抜けてきて、今でこそペストは克服したが、鼠は忌み嫌われている動物であった。

往来を行く一人が包み紙に気付き、大事なものが入っているのではと思ったのか、丁寧に懐に仕舞った。辺りをキョロキョロして、誰も見ていないことを確認して去って行った。その仕草がなんともおかしくて、尚と八重子は笑い合った。

二人はお互いに、これまでの暮らしを話して聞かせた。

尚は飯岳という田舎で育った。百姓の手伝いや役牛《えきぎゅう》の世話などなんでもやらされたという。その中で面白くて印象に残った話があった。それは十歳のとき、雲仙馬の放牧の手伝いの話であった。

雲仙に行くと、ときどき金持ちのゴルフバックを担がされ、小遣いをもらうことがあったので、家の仕事がないときなど母親のキエは尚をよく雲仙に行かせた。

馬の放牧では、たまに怪我などで死んだ馬の肉を貰うことができた。ある日、馬が一頭死んだと知らされた。母のキエは「怪我で馬が死んだらしい。尚、肉を貰ってこい」と命じた。尚は一時間かけて牧場へ行き、後ろ脚を一本貰った。肉を貰えたのは嬉しかったが、四十キロ以上もあり、十歳の尚が持てる重さではなかった。ズルズルと引きずりながら、やっとの思いで泣く泣く帰宅した。朝から貰いに行って、家に戻ったときはもう日が傾いていた。そんなことがあったので、馬肉は苦手になったそうだ。

肉と言えば、尚は豚肉を食べるとアレルギーで蕁麻疹《じんましん》が出た。八重子が分からないように工夫して料理しても、一口食べただけで蕁麻疹が出た。

尚は国民学校しか出ていなかったが算盤は達者だった。五つ玉の算盤を上手に使っていた。八重子は宿の娘で育ったが経理の経験はさせられていなかったので、算盤は全くできなかった。二人は互いの得手《えて》を毎晩教え合った。八重子は尚に漢字の読み書きを、尚は八重子に算盤を教えた。こうして二人の結婚生活は深まっていった。

そんなある日、長男台一は里帰りも兼ねて、妻ノブと長女シゲ子を連れて台湾に帰ってきた。台一を見て、末弟の星太郎が八重子に言った。

「あれは本当にお兄さんなの？　お父さんのように年が離れているよ」

台一と星太郎は十九歳の年の差があった。星太郎は一番歳の近い八重子と話すのが主で、何かと質問をしたり一緒に行動したがったりして八重子に懐いていた。とはいえ、八重子との年の差も九つあった。

台一は所帯を持ち、子もできた。長女の八重子も嫁に出すことができた。三男の源太郎は上海で頑張っている。四男星太郎は、まだまだこれからだ。庄太郎の気がかりは次男の庄三郎であった。

庄太郎は、ひそかに庄三郎の力を買っていた。勉強もでき、達筆。計算もでき、体格もいい。しいて欠点をあげれば、優しすぎるところぐらい。だから庄三郎を一家の要として兄弟で力を合わせていければ、佐野家も大丈夫だろうと考えていた。そのため庄三郎は台湾で働かせ、地元で成長を見守っていたのだった。

その頃、日本の社会情勢は逼迫《ひっぱく》していた。

四男星太郎（常雄）小学校1年生の時の写真。

昭和七年に「五・一五事件」が起こった。五・一五事件とは武装した海軍の青年将校たちが、時の総理大臣犬養毅を殺害した事件である。その一年前の昭和六年には、関東軍の一部が中国北部で「満州事変」を引き起こしていた。

昭和十一年には「二・二六事件」が起きた。二月二十六日から二十九日にかけて、皇道派の影響を受けた陸軍青年将校たちが、千四百有余名の下士官を率いて引き起こしたクーデター未遂事件である。

この事件の結果、時の岡田内閣は総辞職し、後継の廣田内閣の蔵相高橋是清は積極的な軍拡を含む歳出拡大を行った。農漁村の自力更生運動を進め、金兌換の停止を行ったため円相場が下落した。そのためインドなどアジア地域を中心とした輸出が増え、欧米に先駆けて景気回復を遂げた。

しかし、欧米諸国は高関税政策のブロック経済を行った。そのため貿易摩擦が起こり、インド、イギリスブロックから日本は締め出された。その後、日本貿易は、統治下の台湾や日本が支援して建国した満州国などが対象となった。官民一体の経済体制によって国民所得は恐慌前より倍増したが、昭和十二年に勃発した「日中戦争（支那事変）」は一向に終息する気配がなかった。それどころか戦線は徐々に拡大していった。

佐野家の子供たちの巣立が始まっていたのはそんな時期だった。台湾でも本土の空気は敏感に伝わっていた。その空気を最も感じていたのが庄三郎であった。

台湾は日本の戦争推進のための資源供給基地として政府に重要視された。台湾における国民意識の向上のため、総督府は皇民化政策を推し進めた。皇民化運動は、国語運動、改姓名、志願兵制度、宗教・社会風俗改革の四つの点からなる、台湾人の日本人化運動であった。

改姓名は強制されなかったが、日本式姓名を持つことが社会的地位の向上に有利に働く場合もあり、改姓名を行った台湾人もいた。ただ、現在、反日の意識が強い朝鮮人と比べると、親日である台湾の改姓名の方がかなり少なかったそうである。

世界恐慌から始まった日本の不景気は台湾にも影響を及ぼし、暗い影を落とすようになっていった。

日本国内で深刻なデフレが発生し、農作物、特に繭の売れ行きが落ち、価格が低下し、冷害、凶作が続いた。

庄三郎は、昭和の三陸津波などで日本が疲弊しているという報を新聞で読み、よく知っていた。農村での娘の身売り話や都市部での会社の倒産の報を聞くたびに、自分のことのように心を痛めていた。国のために、社会のために、自分にできることは何だろうと考える毎日であった。

長男の台一に男児が誕生して初孫ができ、娘の結婚が決まったのはそういう時期だった。庄三郎は我が事のように二人の慶賀を喜んだ。しかし、自分自身の専らの関心は国の将来であった。自分の身を固めることなど思いもしなかった。

貧しさのあまり娘を身売りさせないと食っていけない。そういう国が日本であった。その事実を知った庄三郎は、日本はこのままでは駄目だという思いに駆られていった。

欧米のブロック経済の中で、商品を売る相手がいない現状を打破するには、軍部が言う「大東亜共栄圏」しかないのではないかと思い始めた。この台湾は、自分が育っていく中で随分と発展成長を遂げてきた。同じようにアジアの国々が台湾のようになって行くことができると思った。そうして、アジアを一つのブロックにすれば、欧米の締め出しにも負けないのではと思った。アジアの諸国は皆、台湾のように近代都市になり、発展成長を遂げていくはずだ。それが、皆が幸せになる道だという考えに至った。

庄太郎は次男の庄三郎の憂いをうすうす感じていた。庄太郎自身も強い愛国者であり、国のことを憂えていたが、戦争によらないで何とか解決することはできないかという考えであった。そういう情勢の中で、庄三郎は真っ先に志願兵募集に応じた。

次男の応募を知ったとき庄太郎はひどく落胆したが、反対することはしなかった。戦争では何があるか分からない。庄三郎の性分を考えると危ないことを進んでするような気がした。もちろん、志願兵に応募し、最前線に赴いたとしても死ぬと決まったわけではない。

だが、なぜか暗澹《あんたん》とした気持ちになった。自分たちが築いてきたものを、これから支えてくれるものと最も期待していた息子であったからだ。

庄三郎は高雄の部隊に配属が決まった。台北駅に親戚縁者が集まって庄三郎の出征を見送った。八重子の女学校時代の仲間も数人駆けつけた。その中には涙する者もいた。庄三郎へ恋心を抱いていたのかもしれない。

「万歳！　万歳！」

歓呼の声に見送られる中、列車は動き出した。

多くの人から「おめでとうございます」と言われ、庄太郎とハナは精一杯の笑顔で応えたが、「行ってしまったか」と一言つぶやいただけで、庄太郎は無言のまま家路に着いた。

庄三郎たちが高雄に到着した翌朝、高雄中隊一同の中で、志願兵、新兵の入隊式が行われた。入隊式で気をつけの姿勢で整列しているときだった。一匹の犬が庄三郎に近づいてきて足元を回り出した。クンクンと匂いを嗅いで、しっぽを振った。犬は黒っぽい色をしたシェパード犬だった。

「この犬が好意を示しているぞ。初めて会う男に珍しいこともあるものだ」

犬の鎖を持っていた上官が笑いながら言った。


入隊して一か月後に庄三郎からの手紙が届いた。

元気でいること。

訓練を無事にこなしていること。

任務は軍用犬の世話であること。

戦上手《いくさ》の源義経と毛色の具合いから軍用犬を「九郎」と名付けたこと。

そして、楽しんでいるので心配しないようにと書かれ、最後の余白に、得意であった犬のイラストが添えられていた。庄太郎とハナは一安心した。

八重子は「九郎というのか……。ひょっとして兄は苦労しているのかもしれない」と思った。軍用犬は、軍の肝入りで設立された社団法人・帝国軍用犬協会が統制していた。太平洋戦争では五万頭から十万頭が戦地に送られたという。これらの犬は、いずれも生きて戻ることはなかった。戦後復員船に乗ることも許されず、現地で引き取られたり、前線で食用にされたりした犬もいた。

一年後、庄三郎はインドシナ戦線に派遣されることになった。最前線であった。庄太郎はその報せの書かれた手紙を仏壇に置いて、静かに祈る日々を送っていた。

その後、しばらくは音信が途絶えていた。

昭和十六年も暮れようとしていた夜であった。庄太郎はドスンという物音に目を覚ました。咄嗟に傍らの木刀を握り締め、起き上がろうとした。ふと見上げると、天井に大きな黒い影が映っていた。その影は静止したまま、こちらを見ているようだった。影と向き合っていた庄太郎は、金縛りにあったように身動きが取れずにいた。しばらくすると、その影はスーッと消えていった。不吉な予感がしたが、ハナには告げないでいた。

昭和十七年の正月。連日のように日本軍の優勢を伝える報で、街は賑わっていた。正月を迎え、おめでたい雰囲気の中、家族は「星乃湯」の一部屋で七草粥を食していた。食事が終わった頃であった。役場から一通の電報が届いた。庄三郎戦死の報であった。

電文の内容は「サノショウザブロウ　リクグングンソウ　十二ツキ二十三ヒ　フィリピンニオイテ　メイヨノセンシヲ　トゲラレタシ　オツウジカタガタ　オクヤミモウシアグ」

庄太郎は電報を握りしめ「晩飯の時間まで呼ぶな」と言ったきり、仏壇のある部屋に閉じこもった。あの夜の影は、庄三郎自身が死を知らせにやってきたのだと確信した。

重苦しい雰囲気の中で夕食が始まった。

食事が終わると、庄太郎は皆に通夜葬儀の日程や分担等をてきぱきと指示した。気丈な振舞いだったが、その目は真っ赤になっていた。

庄三郎の戦死の様子は後で詳しく知らされた。インドシナ戦線において、軍用犬九郎と共に伝令や警備を行っていたそうだ。伝令で部隊間を走っていたとき敵兵に見つかり、銃を向けられた。九郎は素早く敵兵に飛び掛かり庄三郎を守ろうとした。九郎の身を挺した行動で庄三郎は助かったが、九郎は命を落とした。部隊に戻った庄三郎は人目にも分かるくらい落胆していた。その日を境に庄三郎は変わった。伝令や警備で戦闘時は後方にいることが多かったのが、進んで戦闘に加わり始めた。その後、フィリピン戦線に配置され、鬼気迫る活躍を何度か見せたという。しかし、ついには最前線で敵兵に撃たれたとのことだった。

庄太郎は還暦を迎えて三年目になっていた。星太郎を残し、子供たちは皆巣立っていった。「星乃湯」を創業し、道路も日本庭園も造った。思えば、十九のときに一人静岡を出てきてから四十年以上になる。これからは悠々自適に楽隠居かという年齢であった。
ただ、庄太郎はじっとしていられるような性分ではなかった。

その十二　砂金と金山

次男の庄三郎が高雄の部隊に入隊した後、庄太郎は時折山歩きに出かけた。始めは庄三郎のことを忘れようと思って行っていたのだが、山歩きをしているうちに、今後の行く末を考えるようになった。

庄三郎のことは気がかりだが、他の子供たちは順調に巣立っていったし、「星乃湯」の経営も順調であった。庄三郎も、そのうち無事に帰って来るだろうと考えていた。

何度も山に入っているうちに、庄太郎の胸に山歩きの楽しさが湧いてきた。去来するのは、私設道路や不動尊を造ったときのうきうきとした感覚だった。標高が上がるごとに景色の変わる高揚感、風や緑の心地良さがたまらなかった。常に新しい発見があり、鳥の声、樹木の緑、小さな野の花に癒された。季節ごとに姿を変え、命の巡る様を見せてくれる樹木や草花が、健気《けなげ》に感じられたり逞《たくま》しく感じられたりした。

また、私設道路や不動尊を造ったときの楽しさも蘇っていた。夢中になって道路を造ったが、その時の達成感が忘れられなかった。

庄太郎は山に入りながら夢中になれるものを探していた。ただ歩くだけでも十分楽しいのだが、何か目的を持った山歩きができないものかと考える日々が続いた。

何かに挑戦したい気持ちがあっても、それが何か分からずにいた。庄三郎のことが気がかりで、次への一歩を踏み出すことができないでいた。そんな折の庄三郎の戦死の知らせだった。

庄三郎の菩提を弔ったあと、庄太郎は家族を集めて宣言した。

「子供たちも巣立っていった。これからは何をしても、たとえ失敗したとしても、裸一貫、元に戻るだけだ。日本の資源も枯渇していると聞いた。これから砂金採りをしたいと思う」

「えっ！」

ハナは驚いた。八重子は、藪から棒に父は何を言いだすのだろうと思った。

「場所は四脚亭。この北投からそう遠くない。金山は既に専売制になっていて、採掘するには許可をとらなくてはならない。許可の申請をしてきた。どうやら申請が下りそうだ。儂は、これから毎日山に入る」

反対してもきかない性分であることを知っていたハナは、黙っていた。

その日の夕食後、庄太郎はハナと八重子に砂金探しに至った経緯を語り始めた。

「儂の生まれた富士の宮には麓金山《ふもときんざん》といって、今川義元が開発した金山があった。義元は金を朝廷に送って力を伸ばし、有力な戦国大名になった。儂は小さい頃、金とは力のあるものだと考えたことがあった」

「だから、砂金探しに行くのですか？」

八重子が訊いた。

「いや、本当のことを言うと砂金なんてどうでもよい。ただ、台湾で大正の初め頃からゴールドラッシュが始まった。少し興味があり、金鉱について少し調べたいと思ってな」

「そうだったんですか」とハナ。

「金鉱は川のあるところと温泉が湧くところで見つかることが多いそうだ。「星乃湯」も温泉だし、有名な金瓜石《きんかせき》もここからそう遠くない。しかし実のところ、金にこだわってはいない。山に入る口実みたいなものだ。私設道路を造った時、夢中で仕事していて楽しかった。山に入ると、あたかも龍になって巡っているような気分になった。それが楽しくて忘れきらん。年寄りの最後の道楽と思って許してくれ」

そう言うと、庄太郎は神妙な面持ちで頭を下げた。

「分かりました。お父さんは思う存分好きなようにしてください」

ハナも八重子も納得するしかなかった。


さっそく庄太郎の砂金掘りの準備が始まった。例の特製の目つぶし作り、砂金を選り分ける笊《ざる》、腰に下げる布や工具を揃えたり、近くの川に入って砂金堀の練習も行った。近所の人は酔狂《すいきょう》なことだと思った。失敗するに違いない。あれだけの旅館を経営しているのに、余計なことに手を出してと噂した。皆、笑ったりあきれたりした。

それからの庄太郎の行動は奇異なものだった。山や川に入っていく格好といえば、旅館の主人とは思えないような汚れた襤褸《ぼろ》をまとい、人夫のようであった。

台風や大雨で崖崩れがあったと聞くと、喜び勇んで出かけた。露出した岩を見るためである。その岩や崖から金鉱脈の有無が分かることがあるという。夜に大雨があると、翌日、増水した川やぬかるんだ山道を歩くのを楽しみにそわそわするようになった。雷が鳴ると、どの方向で鳴っているのか空に目を凝らした。その奇異な行動は、庄三郎を失った悲しみを忘れようとしているかのようであり、生き急いでいるかのようでもあった。

庄太郎が採った砂金の量は僅かしかなく、採算の取れるものではなかった。「星乃湯」の経営で浮いた資金をつぎ込んでの砂金堀だが、資金はだんだんと底をついてきた。周りは、「星乃湯」は倒産するのではという噂でもちきりになった。

台湾に来て三つ目の大きな危機であった。にもかかわらず、今回の庄太郎は楽しそうに見えた。砂金探しには人手がいった。自分の片腕として動いてくれる相棒が欲しかった。そこで思い切って大阪にいる長男夫婦を呼び寄せることにした。

台一が「星乃湯」に戻ってきた。呼び寄せられた理由を聞いていた台一は、あらかじめ台湾の地形や金の採掘について少し調べてきていた。

「お父さん、台湾の大きさは九州くらいです。この小さい島に富士山より高い山が四座あると言います」

「ふむ」

「日本全土に三千メートル級の山は二十一座あるそうです。台湾にはなんと百六十四座あります。『高山国』と言われる訳です。この険しい山にはいくつも深い谷が刻まれています。どこから手を付けますか？　四脚亭だけでもいくつかの谷があります」

「ふむ、よく調べたな。お前の真面目で手を抜かないところを見込んだ。明日から砂金探しのやり方を教える。行く場所は決めている」

こうして庄太郎と台一の砂金探しが始まった。

台一を呼び寄せってから少しずつではあるが、採算が取れるようになってきた。資金がある今のうちが、見切りをつける時期だと周りは思った。


ところが庄太郎の挑戦は、ここで終わらなかった。砂金の次は金山であった。

金脈を見つける山歩きが始まった。庄太郎は夢中で山を歩き回った。龍になればいい。龍が潜《もぐ》って住処《すみか》にするような場所、すなわち龍穴が見つかれば、そこから気が出ている。気の出ているところは何かしらの力が宿ったところだ。金鉱はただならない力を出しているはずだ。そんな思いで山に分け入った。

昔、金山を見つけようと日本各地の山々を歩き回った山師がいた。山師は山の頂から人には見えない薄い金色の煙が立ち上る様を感知して、金山を掘り当てたそうである。

また、鉱山地によく生えると言われる植物でも金鉱探しをした。有名なのは「金山草」である。正式には「ヘビノネコザ」という名のシダ類だが、他にもヤブムラサキ、イヌビワ、ウラジロなどを目当てにして探した。

庄太郎には山師のように金色の煙を見る能力はなかったが、気を感じることができた。龍になることだと思った。百歩蛇《ひゃっぽだ》や台湾マムシなどの蛇がいる山深くまで分け入った。しかし、そう容易《たやす》く見つかるものではなかった。

龍に導かれるようにして、あちこちの道をうねるようにして登った。砂金が採れた川伝い上流へ山を登っていた時だった。一人の男に出会った。男は川原で野営していた。

男は庄太郎を見ると「大将、お久しぶりです」と親しそうに声を掛けてきた。

近づいてくる歩き方には見覚えがあった。顔を見ると苦力頭の陳であった。

陳はこの河原で野営して、兄の供養をしていたという。毎年行っているそうだ。

「大将、その恰好はどうしました？」

陳が笑顔で訊いた。庄太郎は金脈を探していることを伝えた。

「この先の山は掘り尽くしましたからね」

陳はそう言うと、しばらく思案した。

「無駄かもしれませんが、水が出て落盤したところの金脈の流れは……」と言って場所を示した。陳が示したのは二か所だった。そのうち一か所はまさに龍穴だった。

ようやく有望な金脈を見つけた。だが採掘機を購入したり、工場を建てたりするほどの財力はなかった。銀行を説得し、資金を借りて事業を起こす体力や気力も残っていなかった。台湾

八重子の第一子である長女宣子（のりこ）のお宮参りの時の写真。

の景気の先行きも不透明になっていたので、庄太郎は採掘の権利を売ることにした。金鉱を見つけたことで満足したのだった。

無謀だと言われた金探しの挑戦であったが、「星乃湯」をつぶすことなく、多少潤うこともできた。

【補足】八重子が残した手記によっても、台一、星太郎の口述でも、金山については失敗せずに何とかうまくいったことは事実であろう。

砂金については「四脚亭《しきゃくてい》の権利を取得」という記述が残っている。四脚亭はジブリのアニメで有名になった観光地九芬《きゅうふん》付近の山にあるが、付近は金山開発では有名なところである。砂金の採掘でいくらかの成功はしたものと思われるが、金山についての場所の記述はない。ただ、終戦まで星乃湯の経営がうまくいっていたのは事実であり、金山によって破綻したということはなかった。

金山では、西山満著『黄金の人』で後宮氏の台湾での活躍ぶりが記載されているが、後宮氏ほどの大きな開発はできていなかったと思わる。

この間、尚と八重子の間に第一子が誕生した。実は、二人は結婚した翌年、長男を流産で亡くしていた。それから三年が経っていた。昭和十六年九月、無事に産まれた子は女の子であった。名を宣子《のりこ》と付けた。

日本の戦火は日を追うごとに拡大していき、不穏な空気が台湾を覆うようになってきた。

その十三　陸軍との訴訟

日本本土でも台湾でも軍部の力が急激に増していて、逆らえない空気が漂ってきた頃であった。庄太郎の経営する「星乃湯」の敷地に軍人がやってきて、軍の保養所を建設するという。

勝手な申し出に庄太郎は怒りを感じた。

軍の動きは早く、工事の機械や人夫達もやってきた。もともとお国のためには協力を惜しまないという考えの庄太郎ではあったが、軍のあまりの強引さに激怒し、一歩も譲らない構えを見せた。

「ここは私の土地だ。勝手なことは許さない」

きっぱりと断りを入れ、工事を中断させた。

軍は庄太郎の土地との境界に近い場所を開発しているので、この場所は国のものだと主張したが、庄太郎は自ら測量し、道路も造ったので、自分の土地の範囲は熟知していた。軍が開発しようとしている場所は、明らかに庄太郎の所有する土地に侵入していた。

翌日、軍部と役人が図面を持ってやってきた。

「ここは明らかに国の土地だ」

役人は図面を示しながら言った。

「そんなことはない。自分で買った土地がどこからどこまであるのかは知っている。この線は間違っている。勝手なことは許さない」

庄太郎は突っぱねた。

両者の睨み合いが続いた。

当時の軍部は泣く子も黙るという風潮の中にあり、このまま通せば相手は諦めるだろうと高をくっていた。ところが、そう簡単にはいかず、土地の所有を巡って裁判で争われることになった。

またしても庄太郎は危機を迎えた。四度目の危機である。蛮族に襲われたり、不渡りの保証で資金のやり繰りに困ったり、砂金や金山で行き詰ったりしたこともあった。今度は軍部が相手であった。周りは、今度こそ「星乃湯」は駄目だろう。軍部に勝てるわけがない。「星乃湯」も命運が尽きたなどと囁いた。

裁判になり、弁護士を立てるように裁判所から連絡がきた。庄太郎は、これも断った。

「自分が正しいのだから弁護してもらう必要はない。正義は勝つ」と言い切った。

土地の図面と測量士の計測を元に裁判が進んだ。私設道路まで造った庄太郎ではあったが、歩幅で測った道路である。専門家の測量を元にした軍部の資料の方が正しいのではと多くの人が思った。しかし、工科大学からお墨付きまでもらったことで、庄太郎には自信があった。裁判での堂々とした主張と、実測で造り上げた私設道路という事実を知った軍部も、庄太郎には一目置くようになっていた。

結果、裁判は庄太郎の主張が認められ、勝訴した。工科大学の調査した資料がこのとき生きた。軍が利用したい場所は庄太郎の土地を通ったり、一部を使用したりしないとできないものであった。

軍を相手に裁判に勝利した。またしても、庄太郎は四度目の危機も乗り越えた。

裁判に勝利した庄太郎は、軍本部のある台北に出向いていった。応接に当たった軍人は襟を正して出迎えた。何を言われるのかと構えたが、庄太郎の申し出は意外なものだった。

「裁判に勝ち、私の主張の正しさは認められました」

庄太郎は穏やかに話し始めた。

「裁判には勝ちましたが、星乃湯と隣接した場所を含めて、陸軍の保養所としてお貸しします。傷を負われた兵隊さんにはいい温泉があります。入浴する場所を提供しましょう。休息するにはいい場所だと思います」

応接した軍人は、一瞬あっけにとられたようだった。が、すぐに主旨を理解して立ち上がり、最敬礼をした。

庄太郎の所有する土地の一部の借用を認め、お国に協力するという申し出に軍は唖然とした。裁判までして争ったのに、勝利したら土地の提供をするという。このとき軍は、筋を通さないことや横暴さに対しては、たとえ軍であっても一歩も引くことがないという一人の男の生き方を見せつけられた。

庄太郎は義や人情には弱い一面を持っていた。親戚から頼まれると連帯保証もするし、故郷から泣きつかれると土地を買い戻す費用を送りもした。夜逃げされて困り果てていたにも関わらず、その相手をまた助け、呼び戻してもいる。人相、骨相を見、風水までも感じることができる庄太郎が、親類、肉親に対しては判断を誤ることがある。情が絡むと良くないので気をつけるようにと子供たちには言っていた。

また、親類縁者はもちろん、親兄弟でも連帯保証だけは簡単に引き受けてはいけない。これは大事なことだから、孫の代まで伝えるようにと口を酸っぱくして言っていた。

その十四　敗戦

遡ること昭和十二年、日本は産業の上で重工業の比率が軽工業を上回っていた。さらに昭和十五年には鉱工業生産が急増し、国民所得が恐慌前の二倍以上となった。太平洋戦争でも、イギリスやアメリカ、オーストラリアなど連合軍相手に優勢が続いていた。景気の拡大も昭和十七年夏まで続いた。ただし戦時下の統制経済であり、生活物資不足はだんだんと深刻になっていった。

尚の召集を受けたときの写真。同じく召集された店員さんや星太郎が写っている。

尚と八重子の間に宣子《のりこ》が生まれたのはそんな頃であった。無事に産まれた初めての子に二人は喜んだ。出産のために台北から里帰りしていた八重子と、八重子を小さい頃から可愛がってくれた「星乃湯」の女中さんたちと一緒にお宮参りを済ませた。

床上げをした八重子は、尚の住む台北の栄町に戻っていた。久しぶりの二人での生活に、新しい命が加わった。八重子二十三歳のときである。まだまだ平和な台湾であった。子育てと尚の世話に疲れはするが、充実した日々を送っていた。この幸せが続くことを願った。

しかし、この生活は長くは続かなかった。尚に召集令状が届いたのだ。赤紙である。金柿商店にも「星乃湯」にも何人かに令状が届いた。

尚の所属する部隊は四五五〇部隊だった。訓練で軍服は汚れ、いつも汗にまみれていたので、自分たちのことを自嘲気味に、「よごれ（四五五〇）部隊」と言っていた。

四五五〇部隊は、台湾に飛来する敵の飛行機を落とすことを任務とする、高射砲の部隊であった。

入隊したばかりの頃、激しい訓練の明け暮れに尚は嫌気がさしていた。くたくたに疲れ果て、空腹で動くのも億劫であった。

尚の写真。智、信、仁、勇、厳という文字が書かれた掛け軸の前で。入隊したころの写真。

そんなある日、たまたま夕食に豚肉が出た。尚は自分が豚肉アレルギーであることを忘れてはいなかったが、空腹と豚肉を天秤にかけた。それにうまくいけば、明日の訓練をさぼることができるとも思った。

尚は出された豚肉を全て平らげた。ところが夕食が終わっても翌日になっても蕁麻疹は出なかった。追い詰められたらアレル

軍隊にいて、外出が許可され、戦友と一緒に「星乃湯」の一室で撮った写真。

ギーさえもなくなるのかと思った。その後、豚肉を食べても蕁麻疹は出なくなった。

また終戦まで、蛇をはじめとして、いろいろな動物の肉を食べた。その中には台湾動物園の様々な動物の肉も混じっていた。

尚は目があまり良くなかった。それなのに敵機を見上げ、照準を定めて高射砲を打つ部隊に配属されたことが不思議だった。自ら砲を打つ訳ではなく、上官の指示にしたがって動くだけだと納得した。尚は目が悪いこともあって、丙種合格であった。

八重子は実家に帰っていた。

「星乃湯」も航空病院第一別館に変わり、軍に一部利用されていた。先の裁判のこともあり、軍人たちは皆、佐野家に対してはとても丁寧で親切に対応した。

「あの旅館の親父は根性が座っている。きちんと対応しなければならんぞ」という指示が上層部から出ていたらしい。その軍部との窓口の係は八重子になり、台北の軍の機関や「星乃湯」にいる軍との交渉を任された。女性であり、まだ二十代の八重子に対しても軍の対応は丁寧であった。道行くときなどに時折見かける軍の横柄な態度は全く見られなかった。八重子とすれ違うときは最敬礼をした。あたかも上官に対するかのようであった。

昭和十七年を迎えた。星太郎（常夫）は元服を迎える年となっていた。兄弟の中では一番背が低かったが、兄の台一、庄三郎と同じように謹厳実直の気質だった。また体は小さくても心には激しいものを秘めていた。時代がそうさせていたのかもしれない。

この翌年、星太郎は少年航空隊を志願した。

八重子は少年航空隊に入隊した常夫を訪ねた。久しぶりに面会に出てきた常夫は笑顔で八重子を迎えた。常夫は支給された軍服が大き過ぎて合わず、見るからにダボダボで、余った生地を無理やりに絞って着ていた。文字も行儀も服装もきちんとしていないと気がすまない性質の常夫なのに……。あまりにも変わり果てた姿を見て涙がこぼれそうになったが、ここで涙を見せてはならないと我慢した。しかし帰り道、八重子はたまらず涙を拭った。不憫でならず、洟をすすりながら帰った。

夜になると北投にも敵機が来るようになった。警報が鳴らされる頻度が増えてきた。そのたびに「尚は何をしている。早く撃ち落とせ」と庄太郎は悔しがった。

軍の休暇があると尚は北投に帰ってきた。部隊の人と一緒のときもあり、そんなときは「星乃湯」の部屋に泊めた。

尚が休暇で北投に来ているとき、庄太郎は尚を自分の部屋に呼んだ。そして「頼みがある」と言って尚に深々と頭を下げた。

「止めてください。何をするのですか？」

何のことか分からず、尚は慌てて制止した。

「儂ももうすぐ七十歳になろうとしている。七十と言えば古希だ。いつ死んでもおかしくない年ということだ」

「まだまだ矍鑠《かくしゃく》としてらっしゃいます」

「まあ、聞いてくれ。したいことはしてきたし、別にこれから望むことはない。ただ心残りが一つある。子供たちは皆大きくなり、所帯を持ったり、子供ができたりして、自分で生きていくことができる力はつけたつもりだ。ひさこ（八重子）も、お前に嫁がせて良かったと思っている」

「ありがとうございます。ところで頼みとはなん

軍服姿の尚の写真。「星乃湯」の庭で

不動尊の境内に作った舞台で、年に二回傷病兵の慰問や北投の人を招待していた庄太郎の奉仕活動の写真。

ですか？」

「頼みとは四男の常夫（星太郎）のことだ。儂はこれから先、望むことは何にもないが、ただ一つ常夫のことが心残りでならない。常夫は儂が五十歳になる前に生まれ子で、まだ元服を過ぎたばかりだ。なのに気持ちは既に戦争のことばかりで、お国のために働きたいと思っている。知っていると思うが少年航空隊に入隊した。だが、まだまだ子供。長男とは年がうんと離れているせいか、何かと相談事はひさこ（八重子）にしている」

「はい」

「そこでだ。もし儂に何かあれば、常夫のことを頼みたい。台一も源太郎もいるが、八重子に懐《なつ》いている。だからお前に託したいのだ。儂の認めた男に」

「ありがとうございます」

老人憩いの家を建立して、身寄りのないお年寄りを私費で扶養していた。慰問として芸事をする人たちを招き、老人の憩いと、傷病兵の慰問を行っていた。踊りの様子や、怪我をした兵隊さん、老人などが写っている。

「儂の目に狂いはなかった。ひさこ（八重子）も含めて常夫（星太郎）のことを頼んだぞ」

そう言って尚の手を握った。

庄太郎の目にはうっすらと涙が浮かんでいた。手を握られた尚も感激のあまり涙をこぼした。思わず目を拭ったが、涙はとめどもなく流れた。軍を相手にしても怯《ひる》むことなく、奥北投一帯を所有している義父から認めてもらい、息子まで託されて、尚は感激に打ち震えていた。

戦局は一段と厳しくなってきた。庄太郎は数年前から福祉活動をし始めていた。北投で所有する不動山に「老人憩いの家」を設立し、身寄りのない年寄りを扶養し始めたのである。また、そこに舞台も造った。「星乃湯」が航空病院別館となったこともあり、お年寄りばかりでなく、傷痍軍人と一緒に楽しめる舞台だった。そこで、慰問団を年に二回招いて催しを開いた。催しには北投の人を招待することもあった。これらの費用は全て庄太郎の自費で賄った。

お金は使うべきときには惜しげもなく使う。それは庄太郎の若い頃からのポリシーであった。良いことにお金を使えば、必ず良いことが巡ってくる。自分に戻ってこないときでも、自分の子や孫たちに戻ってくると信じていた。

「情けは人の為ならず」とよく口にしていた。

八重子は、そうした父を尊敬していた。たった一代で店を立ち上げ、二つの立派な旅館を作り経営した。私設道路を造り、石塔を設計し、不動さんを建立した。今また私財を投げ打って「老人憩いの家」を設立し、福祉活動を行っている。

故郷の親類を助け、田畑山林を買い戻し、金山にまで手を出した。

「正義は勝つ」と言って軍部と対決した。清濁併せ飲むことができず、一本筋を通さないと気がすまない父庄太郎に母ハナも大変だったろう。が、夫唱婦随で頑張ってきた。自分もいつしか子供たちを一人前に育て上げたら、社会貢献ができるようになりたいと思うようになっていた。

戦局は激しさを増していた。

日本は中国（正確に言えば中華民国）と戦っていたので、台湾の漢民族を兵士として採用することには反対が多かった。しかし、兵力不足から止むを得なかった。

昭和二十年には徴兵制度が施行され、およそ二十一万人の台湾人が戦争に参加し、そのうち三万人が戦死したと言われている。高砂義勇隊《たかさごぎゆうたい》などは日本人に負けないくらい奮闘した。

そしてついに、尚の配属された四五五〇部隊はフィリピンに送られることが決まった。部隊では、送られる前に醤油を飲んで病気になろうという動きがあった。瀕死の状態になれば足手まといの兵隊は無用になり、戦地に送られることはないからである。

尚も迷ったが、飲む量を間違えれば死ぬ怖れもある行為を、あえてする気にはなれなかった。

こうしてほとんどがフィリピンに転戦した。激戦の火蓋が切られようとしていた。尚も仲間たちも死を覚悟していた。どうせ死ぬのなら敵兵を何人か道連れにしたいと思っていた。台湾で待っていた八重子も、尚たちが無事に帰って来ることはないだろうと覚悟していた。

しばらくして八重子に報せが届いた。覚悟していた尚の戦死の報せではなかった。それは、マラリヤに罹った尚が他の傷病兵と共に台湾に戻されるというものだった。

尚が台湾に戻されてから二日後、フィリピンに転戦していた四五五〇部隊も戦闘になり、全滅した。その報せが届いたのは、尚が「星乃湯」に戻った日だった。

そして、ついに終戦の日を迎えた。

昭和二十年八月十六日正午、庄太郎は「星乃湯」の従業員、関係者全員を大広間に集めた。

前日に日本の敗戦が知らされ、皆これからどうなるのだろうと思いながら集合した。ざわざわとした雰囲気の中、庄太郎が静かに現れた。畳に正座し、沈痛な面持ちで口を開いた。

「皆に集合してもらい、ありがたい。これからのことを話そうと思うので最後まで聞いてほしい」

一同がシーンとなった。

「まずは皆に謝りたい。許してほしい」

両手をつき、土下座した。

「大将！」

感極まって叫ぶ者もあり、場は騒然となった。固唾を呑む者もいた中で、庄太郎は話を続けた。

「皆に謝らねばならん。知っての通り日本は負けた。儂はそうなるのではないかと、うすうす感じていた。それなのに、この「星乃湯」を全て売り払わず、今に至ってしまった。今では悔やんでいる。「星乃湯」を失くすのは仕方がない。しかし、皆に退職金をやることができない。本当にすまない。許してくれ。この通りだ」

涙ながらに、もう一度頭を下げた。

「仕方のないことです」

「大将はこれまでよくしてくれた」

「こちらから、お礼したいくらいです」

皆は口々に言いながら、庄太郎に駆け寄ってきた。そして手を取り、「いつまでもお元気で」「ありがとうございました」と言って涙を流した。

涙の別れが続いた。その中には常夫（星太郎）同じ年の藤吉という少年もいた。

「藤吉はものになる。あの年でしっかりしている。人相も申し分ない」と庄太郎が買っていた若者である。

「可愛がってくださり、ありがとうございました。これからも頑張ります」

藤吉はそう言って庄太郎の手を取り、頭を下げた。

最後に庄太郎の手を取ったのは、あのキンテアだった。顔に深く皺が刻まれているが、人なつっこい顔は健在だった。二人はしばらく無言で抱擁し合った。

「大将、一緒にいい夢を見せてもらいました。大将のことは一生忘れることはありません」

キンテアが声をしぼり出すようにして言った。

庄太郎もキンテアも涙が溢れた。二人には主人と従業員という関係を超えた深いつながりがあった。

台湾に残るか、日本に帰るか、選択は二つに一つしかなかった。庄太郎は少し迷ったが、「星乃湯」を従業員であった李根源に任せ、日本に帰ることを決断した。台湾に残る道はあったが、蒋介石率いる国民党が台湾に残った日本人に対して、どういう政策で臨むのかが分からず不安だったからだ。

庄太郎が一代で築き上げた「星乃湯」は、こうして濡れ手に粟のごとく李根源の手に渡った。尚は庄太郎や自分の日本刀を含め、仲間から刀を集めた。銘のある刀も数振りあった。それをどこか裏山に埋めて、いつか取りに来ようと考えた。使うときが来るかもしれないとも思った。何人かの戦友たちに相談したところ、見つかれば死罪かもしれない言われ、やむをえず、これらの刀十数振りを李根源に託した。


十六日の夜を迎えた。その日の夜遅く、尚の戦友の一人である辻田という者が「星乃湯」を訪ねて来た。辻田は尚と同じ長崎出身で、仲の良い戦友であった。

尚に大事な話があると言う。

「林田、戦友仲間で軍の上陸用舟艇を一艇盗み、それに砂糖を山積みにして、島伝いに日本に帰らないか?」

「どういうことだ?」

辻田の話の意味がよくつかめず、尚は聞き返した。

当時、日本は砂糖が不足していた。台湾にある砂糖をうまく日本に持ち込めれば、大儲けできるかもしれないという話だった。辻田の話では決行は十九日の日曜日。警備が手薄になるからだと言う。

「明後日また来る。その時までに腹を決めてくれ」と言い残して、辻田は去った。

尚は大いに迷った。内地に持ち込めれば大儲けができて、お義父さんや八重子たちに苦労させずに済むと考えた。尚は根っからの商売人であった。しかし、捕まると何年も監獄に入れられ、内地に帰ることもできない。

翌朝、すぐに台一兄に相談した。

「尚さん、止めとき。もうすぐ四歳になる宣子《のりこ》もいるのに、捕まったらどうするんや。悪いことは言わん。止めときや」。

台一はきっぱりと言った。それでも尚は迷った。明日、辻田の話を聞いて、現実味があれば話に乗ろうと思った。

十八日、この話はあっけなく流れた。計画したうちの二人がマラリヤで入院したという。尚は神の思《おぼ》し召《め》しかなと思った。

本土に帰還するときは、一人一律千円しか持ち出せないことになった。あれだけの財を築きあげたというのに、庄太郎は裸同然になった。

台湾を離れ、日本に戻る船に乗る前日の夜、多くの日本人がホテルに押し込められて待機していた。その時、上の階でピストル自殺が起きた。台湾の役人がどっと押し寄せてきた。何やら口々に言い合っていた。しばらくすると、台湾の役人数人が庄太郎のところへやってきて、手錠を掛けた。

「何をする！」

びっくりして庄太郎が叫んだ。

「お前はピストル事件の犯人だ」

「これから取り調べに連れて行く」

役人たちは口々に甲高い台湾語で怒鳴った。

八重子たちはゾッとして胆をつぶした。このどさくさに紛れて、お父さんはどこかに連れて行かれてもう会えないのではと思い、父親に寄り添った。

「違う、何もしていない。儂はずっとここにいた」

庄太郎は台湾語で主張したが、聞き入れてもらえなかった。台一は気が気ではなかった。その時、蒋介石軍の服を着た強面《こわもて》の若い男が来た。台湾の役人たちはその兵隊に道を譲った。

「もうだめだ！」

一同は声には出さなかったが、一瞬観念した。しかし気を奮い立たせ、父親をかばうように、尚、台一、八重子が庄太郎の前を塞いだ。蒋介石軍の関係者が来たら、どうなるかわからないと思ったからだ。

その軍服を着た若者は、一同を見回してから庄太郎に近づいた。その場が氷ついた。

「この人の手錠を外しなさい」

兵隊は言った。

「ええっ！」

うなだれていた台一が顔を上げた。

一方、台湾の役人たちは不服そうにして動かなった。すると「早くしないか！」と兵隊は強い口調で命令した。

庄太郎の手錠が外された。手首をさすりながら庄太郎は兵隊に近づいて頭を下げた。するとその兵隊は、「日本語でしゃべってもいいか。俺は東京の明治大学を出た。若いときシャキシャキの江戸弁を覚えて日本で勉強した。こいつらは金欲しさに目を付けた日本人を縛っただけだ」と言った。

また、役人たちに向かって「てやんでい！　こんなことをしたら俺が許さねーぞ！　とっとと失せやがれ！」と言って、片目をつぶりニヤリとした。そして、「何かあったら知らせなさい」と言って、その場を去った。

お陰で台湾の役人たちは追い払われた。思いもよらぬ助け舟であった。

こうして最後の最後までハラハラしどうしで、佐野一家と林田、金柿などを乗せた船は舞鶴港に着いた。

港に着くと、後に益興や剛衛の名付け親にもなる尚の実兄、堀川修源が出迎えてくれた。修源一行は一足先に朝鮮から戻って来ていた。

庄太郎はハナと星太郎を伴って富士の宮に、台一は大阪に行くことになった。源太郎は数日後、やっとの思いで上海から引き揚げて大阪に戻ることができた。金柿一家は熊本に戻った。尚と八重子と宣子は、修源一家と共に長崎の飯岳に戻ることになった。皆、それぞれバラバラになった。

庄太郎も尚も在台中に、田畑を取り戻すための資金を故郷に送っていたし、庄太郎は富士の宮に自分名義の土地もあったので、国に戻れば何とか大丈夫だろうと思っていた。尚も八重子も然りであった。

振り返ってみれば、庄太郎は弟彦作を台湾に呼び、独立を助けてやった。挙句の果てに不渡りを出して青島《チンタオ》に逃げられた。そのため佐野商店は倒産寸前までいったが、金柿の助けで持ち直した。

その後も彦作の甥燦一郎が田畑を売り、青島に行って事業を起こすも失敗。その時も、彦作と燦一郎一家を引き取り毎月の生活費の面倒を見てきた。青島で残した家賃七か月分の未払いや借金の清算までも庄太郎が行った。その折、燦一郎が売って逃げた田畑や山林を買い戻してやった。その土地の名義は庄太郎であった。さらに、その田畑の小作料を庄太郎の姉、平田ゲンに提供し、佐野家先祖の墓守を頼んでいた。それらの経緯で、庄太郎は台湾からの引き揚げ先を、この平田ゲン方にしていた。安心して頼っていた。

ところが、この姉一家は三十年近く小作米で生活できていた恩を忘れ、庄太郎とハナと星太郎の住まいを安居山の東漸寺にした。

事情を知っている台一をはじめとする子供たちは許せないと怒ったが、庄太郎は何も不平を言わなかった。ハナと泰然とした気持ちで日々を送っていた。星太郎は父親や母親の手伝いをしながら、寺での奉公を行った。いつしか経を覚え、一人で経をあげられるようになっていた。

庄太郎は寝込むことが増えてきた。大阪から台一が駆けつけると、布団から起きて「星乃湯に植えた松は立派に育ったろうか？」と心配そうにつぶやいた。

まだ、台湾に思いを馳せているのだろうと台一は思い、

「私が必ず台湾に行って、『星乃湯』を見てきます。その時に庭も見てきて、様子を伝えます」

と言って庄太郎の手を握った。

庄太郎は微笑んで、「頼む」と握り返した。

台一は庄太郎の見舞いが済むと大阪に戻った。

その数日後、昭和二十三年五月十一日の朝、庄太郎は枕元に星太郎を呼んだ。

「すまないが、起こしてくれないか」

庄太郎の晩年の写真。この写真が遺影になった。

「はい。お父さん」

星太郎は庄太郎の背中に手を回し、ゆっくりと体を起こした。

「すまないが、皇居の方に体を向けてくれ」

「はい」

星太郎がその方向に体を向けてやると、庄太郎は両手を胸の前で合わせた。そして、そのまま星太郎にもたれかかるようにして倒れ込んだ。

その後、体を起こすことはなかった。もう目を開けることもなかった。

「お父さん！」

星太郎は思わず叫び、少し揺り動かしたが、庄太郎は絶命していた。

七十二年の生涯であった。

星太郎は庄太郎をそっと寝かせ、呆然として虚空を見上げた。その時、薄い煙のようなものが遺体から立ち上っているように感じた。その煙のようなものは、だんだんと形を変え、小さな龍のようになり、天井を抜けていった。

同じ頃、庄太郎が亡くなった安居山の東漸寺から間近に見える富士山の頂上付近に、薄い雲がかかった。その雲はだんだんと龍の形に変わり、ゆっくりと西の空に流れるようにして消えていった。

その日の夜、八重子に異変が起きた。寒気がして震えが止まらなくなったのだ。夜中になると悪寒はさらにひどくなった。ガチャガチャと歯の根が合わないほどの震えがきた。ありったけの布団をかけた。さらにその上に尚が跨《また》がって押さえつけても震えは止まらなかった。

「ううっ！　うう、龍が……」

八重子はうなされたように声をあげ、一晩中震え続けた。

翌朝一番、疲れ切ってウトウトしていた尚と八重子の元に、父の訃報を知らせる電報が届いた。

その半年後の十一月八日、後を追うようにしてハナが亡くなった。

二人の墓は、富士山の見える東漸寺の墓地に今もある。

その十五　その後…価値を見る目を

長男台一は、兵庫県にある阪急沿線の岡本という駅近くに住み、神戸の貿易商社に勤めた。台一は、その会社で、主に台湾との貿易の仕事に携わった。この会社は「星乃湯」を譲った李根源の兄、李皇村が経営する会社だった。

三男源太郎は、阪急宝塚線の庄内に住み、大阪で勤めた。

長女八重子と尚は、長崎市材木町から大橋町に転居し、質屋の営業を続けた。質屋商売の浮き沈みはあったものの、概《おおむ》ねうまくいき、三人の子を育て上げた。

八重子は、庄太郎から学んだことをできるだけ子供たちに伝えようとした。

人相の見方、人の見方を教えた。文字が読めない頃の剛衛には、国政選挙で当選した人のテレビの画面を見せ、与党か野党か当てさせた。富裕かどうかなども顔を見て当てさせていた。人相の見方を教えるためだった。

大橋の家屋は客間と居間を兼ねていたので、どうしても客と子供たちが鉢合うことがあった。客が帰ると「どんな人だった？」と、八重子は子供たちに感想を尋ねた。服装だけでなく、どんな人物と思ったかと尋ねた。

目の大きさや黒まなこと白まなこの割合。額の広さや形、例えば富士額のような形かどうか、眉の濃さ、太さと目の位置、耳の大きさと目より上か下かの位置を尋ねた。口の締まり具合や大きさ、唇に米粒を持っているかなどを細かく訊くときもあった。そして、そのような人はこんな傾向があると、その人の性格や行動パターンを説明した。

また、そわそわした動きや態度をしていなかったかどうかも尋ね、子供たちが「信用できない」と答え、八重子も同じように感じたときは、一緒にその客の後をつけることもあった。

「生活のためにどうしてもいるんだ。来月には必ず質受けに来る。頼むから貸してくれ」と手を合わせた男がいた。動きに落ち着きがなく目が泳いでいた。

怪しいと思って信じなかった八重子は、益興に「今の人はどう思う？」と訊くと、益興は首を少しひねりながら「なんだか怪しいな。動きに落ち着きがなかったもん」と感想を言った。

八重子は質草の時計に安値を付け、男に貸した。

男は「これぽっちか」と不満そうだったが「まあいいや、助かった。これで何とかなる」と言って店を出た。

八重子と益興は急いで店を閉め、男の後を追った。八重子は、この時間なら松山の競輪場ではないかと、当たりをつけていた。

八重子たちが競輪場に着くと、そこには外れ車券が散乱していて、子供の益興の目には異様な光景として映った。

二人が少し離れたところから車券売場を見ていると、さっきの男が現れた。騙して借りたお金を競輪という賭け事に使うところを益興に確認させてから、「よく人を見ることができたね」と褒めてやった。

尚はもともと目が悪いうえに、高射砲部隊での任務でさらに悪化させていた。その後もソコヒの手術を受けたり、網膜剥離になったりして、視力がかなり弱くなり、ほんの一メートルくらいにいる人しか見分けることができなかった。

質草を踏み倒そうとして、居留守を使ったり逃げたりする客を捕まえるために、尚は益興や剛衛に自分の目の代わりをさせた。一緒に見張らせたり、タクシーで追いかけてさせたりもした。益興は逃げた客を、尚と一緒にタクシーで追いかけ、見事に追いついて捕まえたことがあった。車から降りた客は、いきなり後ろから声を掛けられてびっくりした。その時の観念した顔を未だに忘れられないそうである。

また、こんなことがあった。

ある夜、剛衛は尚に、灯りのない真っ暗な家に連れていかれた。家の周りを歩かされ、ドアをノックして「こんばんは。ごめんください」と言わされた。

「家の中に小さな明かりが点くかどうか、よく見ろ。人の動きがないか確かめろ」

尚は小声で言って、懐中電灯の小さな明かりで、家の中の気配を探らせた。

剛衛は、子供心に探偵ごっこをするような面白さを感じることもあったが、お金を返せず逃げ隠れする人を、かわいそうだなあと思うこともあった。

尚はこういう経験をさせることで、商売の厳しさと人間の一面を見せたかった。

剛衛は小さい頃から、知らず知らずのうちに、人の持つ両面性を見る子に育っていった。


子供たちが長じてくると、一人で、十万円単位の大金をおろさせに銀行に行かせた。度胸を付けるためと、責任を負う仕事やお使いを乗り越えさせるためだった。益興も剛衛も一人で銀行に行った。行くときは、八重子が予《あらかじ》め記入しておいた引き出し書と通帳と、念のために印鑑の入った巾着袋をしっかり握りしめていた。

今は銀行で現金を引き出すときは、本人確認が必要な時代である。高額であればなおさら子供がおろすことのできない時代になったが、この頃は、問題なくおろすことができた。

益興も剛衛も、お札の束を人目につかないように工夫した。ズボンの中に入れたりシャツの中に入れたりして持って帰った。この頃の子供たちは労働力の一部でもあった。

質屋は、お金を借りるためにお客が品物（質草）を預け、預けた質草を取りに来た時に利子をいただく商売である。お客によっては初めから捨てるつもりでお金に換え、品物を取りに来ないときがある。そうなれば、品物の所有権が客から質屋に移る。この質草を質流れ品と言う。預かる期限が来て、流れることをお客に連絡しても受け取りに来なかったら、質草は処分されることになる。

処分の仕方として、

① 質屋の物、すなわち自分たちの物として使用する。

② 競売にかける。古物商はその品を小売に売る。

③ 直接、小売業者に売る。

この三通りの方法がある。それ以外は廃棄される。

八重子は、いい生地の服は高めに貸して、万が一、流れてもサイズによっては夫や子供たちに着せようと考えた。成人してからの剛衛の背広には、他人の名前の刺繍《ししゅう》があった。

貴金属や時計は、近くの時計屋や宝石店に直接見せて売ることがあった。その時は、尚と八重子は物の価値を子供たちに教えるため、益興や剛衛を取引先に使いに出した。

あるとき、「この指輪(時計)を○○宝石店(時計店)に持って行って、○○円に換えて来なさい」と剛衛に用事を言いつけた。

「電話で、あらかじめ値段は決めてあるから、お金と品物を交換するだけよ。分かった?」と言って、送りだした。

数日後、この品がいくらで売られているか、剛衛に値段を確認しに行かせた。

子供たちは、質草が質屋から小売商に渡り、小売商の店頭に並ぶたびにその値段が大きく変わることにびっくりした。

競売の時も同様で、競売の前日に値段の書かれた紙縒《こよ》りを子供に結び付けさせた。「セイコーの時計、〇〇円。背広、〇〇円」と声に出しながら、競売の品に、間違えないように紙縒りを付けた。

競売にかけられた後、この値段が大きく上がったことを子供たちに知らせ、品物そのものが持つ価値と正札の金額が違うことを教えた。

この値段の違いは人にも当てはまり、肩書や地位でその人を判断してはいけない。着ているもの、身に付けているものだけでは、人は分からないと諭《さと》した。

また、質の客が教員や公務員などの場合は、剛衛を使って集金に行かせた。子供が相手だとお客が安心するし、職場の周りからも変な目で見られないという考えからだった。集金もでき、客への配慮もある、一石二鳥だった。

剛衛は、小学校の終業式で、学校がいつもより早く終わって帰宅すると、その足で市内のあちこちの小学校に、自転車で集金に出かけた。何回もそうした経験をすることで、学校の先生でも教室とは違う一面があることに、早くから気付くようになっていった。自分の学校でも、担任の先生の本質を見抜いてやろうと思いながら接していた。少し斜《しゃ》に構えた感じの子であったため、先生の受けは良くなかった。

しかし、兄の益興は勉強もよくでき、如才なく大人と接していたので、先生の受けは良かった。

二人は同じように育てられたが、性格や気質は違って育った。

剛衛が小学三年生になったときの担任は、益興を担任した先生だった。勉強ができず、落ち着きのない剛衛に対して、その担任は「少しは兄貴の爪の垢でも煎じて飲め」と言った。剛衛はその言葉の意味が分からず、帰宅した後、「爪の垢ば、どんなにして飲むと?」と八重子に尋ねた。その日は、この話で夫婦して大笑いした。それほど兄弟での違いがあった。

益興も剛衛もおもちゃは作るものだと思い知らされて育った。また、おやつなどを買って食べることはできなかった。道に落ちていた五寸釘で「くぎ抜き」や、落ちていた板きれの上で「くぎ倒し」をしたりして遊んだ。こんな遊びはあまり周囲がやらないので、かえって周りの子供たちが面白がり、見に集まることもあった。

また、おやつなどを買って食べることはできなかった。落ちていた金属を地金屋《じがねや》に持ち込み、僅かのお金に換金した。一個五十銭の芋飴を駄菓子屋で買うためである。当時、一円玉で芋飴が二個買えた。時には三個買えることもあった。

少し生活にゆとりができてくると、八重子は小遣い帳をつけることを条件に、月極めで数百円を子供たちにやるようにした。物が欲しいときにねだられてやるのでも、日に十円とか小出しでやるのでもなかった。お金の管理と使い方の計画性をもたせるためであった。月の終わりになると、子供たちの小遣い帳を調べた。

「こんなものには使っては駄目。もらった小遣いは少しでも残さないといけない。少しずつ貯めて、欲しいものを買えるように計画しないと駄目」と注意した。

二人は小遣いを少しずつ貯めるようになった。益興が中学校に入ると、二人は小遣いを出し合ってタイプライターを買った。ブラインドタッチの練習や英文を打つ練習をして遊ぶためだった。

だんだんと世間全般が裕福になり、べったん（長崎の大橋付近ではカードと呼んでいた）やビー玉が子供の遊びとして、はやり出した時期があった。益興が小学校の中学年くらいの頃である。周りの子は、力道山や赤胴鈴之助などのカードの図柄を揃えたり、色の綺麗なビー玉を揃えたりしていた。お互いが手持ちのカードやビー玉で戦い、勝った方が相手のものを取り上げるというルールだった。

益興も剛衛も、そうした玩具は買えなかった。二人は、沢山のカードを持っている子に「一つ貸してくれ。負けたら家から持ってきて返すから。勝ったらこのカードはもらう」と言って、カードを借りて戦った。

相手に勝ち、そのカードを取り上げる。借りた一枚のカードを元に、さらに勝負に勝って増やしていくことを繰り返した。

二人とも大概《たいがい》勝った。ハングリーな方が勝つのは、いつの時代も同じかもしれない。益興も剛衛も箱一杯のカードやビー玉を持つようになっていた。こうやって、一銭も使うことなくカードやビー玉を手に入れることができた。

洋裁をするときに使う糸を巻いている厚紙がある。糸がなくなって紙だけになったとき、二人はその厚紙でカードの練習をしていた。家にある使用済みの厚紙は、小さいときから二人のおもちゃであった。段ボールで家を造ったり、斜面を作ってビー玉を転がしたりして遊んだ。外から木切れと棒を持ち込んで、ゴルフの真似事をしたり、パンツのゴムひもでゴム銃（パチンコ）を作って、木などの的に当てて遊んだりすることもあった。二人は、それぞれに家の雰囲気や方針を察して、金がなくても遊ぶことを覚えた。いつの間にか、そうした逞しさを身に付けていった。

この頃、益興も剛衛も親から教えられていたしりとりを覚えていて、口ずさむようになっていた。今で言う、差別につながるような言葉遊びであったが、言葉のリズムが面白く、兄弟はよく口にしていた。そのしりとりは、

（日本の→乃木さんが→凱旋《がいせん》すずめ→めじろ→ロシヤ→野蛮国《やばんこく》→クロパトキン→金玉→まきどうふ→ふんどし→しめた→たたいて逃げるはチャンチャン坊《ぼう》→棒《ぼう》でたたくは犬殺し→死んでも命はあるように、）である。この最後の「に」で、再び最初の「日本の」へ続く。

当時の日本人、特に引揚者たちの多くは、このしりとりに表されているような気持ちを少なからず持っていたのではないかと思う。

ただし、益興や剛衛が近所の子供たちと遊ぶ頃には、誰もそんな言葉遊びはしなかった。やはり環境の違いで、少し変わった兄弟が育ったのだろう。

昭和三十年代になっていた。庄太郎とハナの子供たちは、それぞれの場所でそれぞれに生計を立てて、安定した暮らしをしていた。

長崎に住む尚と八重子の元に、懐かしい台湾の物産が届いた。中身は豚肉の干したもの、西瓜の種《おつまみ》、台湾餅、豚デンブなどであった。益興や剛衛は物珍しい、日頃味わえない食べ物にかぶりついた。

台一が台湾のバナナを輸入する傍ら、時折送ってくれるものだった。中にはカラスミやライチなどもあった。バナナも送られてきた。

「台湾で青いバナナを大きな船に積み込んで、大量の防腐剤を散布して、船の中で黄色くなるまで熟成させるので、皮はよくむいた方がいい」と、台一の添え書きがあった。

八重子はもともと果物好きだったが、街路で収穫したバナナは不衛生で雑菌があったので、当時の台湾では、抵抗力のない子供には食べさせなかった。台湾で生まれ育った八重子もバナナだけは避けて育った。そのため、成人してからもバナナだけは苦手であった。尚と宣子と益興は大好きだったが、八重子と剛衛は頑なに口にしなかった。とりわけ、大食漢の剛衛はバナナ嫌いで育った。

こうして少しずつ台湾とのつながりができてきたとき、台一から便りがあった。戦後の変わりゆく台湾の様子と変わらずに残っている「星乃湯」などの写真が添えられていた。手紙には

「星乃湯」の庭には松やサツキが大きく育ち、天星山法華道場の松も不動尊もそのままで、信仰心のある台湾人がきちんと祀ってあったことを確認した」という一筆もあった。

台一はこの時に「長い年月がかかったが、生前の庄太郎との約束をようやく果たすことができた」と思ったそうだ。

一方、星太郎は大阪高槻で住居を構え、会社勤めをしていた。会社が不景気になり、星太郎の仕事が思うようにいかなくなったと聞き、尚と八重子は、星太郎を長崎に呼び寄せた。そして赤迫電停の近くに土地を求め、星太郎夫婦を住まわせ、営業のノウハウを教え、林田質店の支店を任せた。これでようやく庄太郎との約束を果たすことができたと、尚は胸をなでおろした。

こうして庄太郎とハナの子どもたちは、それぞれの場所でそれぞれに生計を立てて安定して暮らしていた。昭和三十年代になっていた。

八重子はテレビを見ていた。アメリカ大統領ジョンエフケネディの就任式の画面だった。

「この顔は名声を博すけれども、長生きできないかも」

八重子は思わずつぶやいた。

その後、ダラスで暗殺事件が起きた。ケネディは外国人によくある彫りの深い顔だが、目と眉の位置が気になったのだという。八重子には短命に見えたようだ。

外国人でもウォルトディズニーを見るたびに、「この人は長生きしそうだ。いい人相をしている」とも言っていた。庄太郎から学んだ人相の見方であった。

尚は子供たちを労働力として使ったが、一方では教育に熱心だった。尚自身が国民学校しか出ていないことに引け目を感じていたせいである。特に男の子には、学を付けたいと願っていた。そこは庄太郎とは違っていた。

また、年の近い益興と剛衛を掴まえては議論をさせた。今で言うディベートである。どこから仕入れてきたものか、何かひらめくものがあったのか、時折、このディベートを行わせた。「人には一つだけ必要なものがあるとすれば、塩か水か」というお題を出し、二人にどちらかを選ばせ、議論をさせた。きりが良いところで尚が判定した。

結果論ではあるが、三人の子はいずれも進学校に進学した。

益興と剛衛が小学校に通う頃、寒くなると制服の半ズボンではなく長ズボンを履かされた。全校集会で運動場に並んだ時、自分たち二人だけが長ズボンを履かされていることに気付いた。とても恥ずかしかった。しかもズボンのお尻や（靴下にも）破れに補修布が当てられ、ギザギザと縫いこまれた糸の跡がくっきりと見えていた。口の悪い友達はズボンを見て、「キャッチャーミット！」と揶揄《やゆ》した。

八重子も尚も「寒いときは長ズボンでいいではないか。間違っていなければ人と違うことに誇りを持て」と二人の息子に諭した。教室ではズボンや靴下は目立たず、人との違いは気にならなかったが、全校集会では、さすがに二人だけが異様だった。恥ずかしくてたまらなかった。

剛衛は小学一年の時に喘息を発症していたので、ランドセルも持たされなかった。医師から「胸を圧迫しない方がいい」と言われたためだが、全校で一人だけ手提げ鞄《かばん》を持ち、継ぎ当てのある長ズボンを履いて登校した。進んで誇らしいとは全く思わなかったが、恥ずかしさはいつの間にか慣らされて平気になっていった。

この頃の学校教育では、個人調査という書類を各個人が担任へ提出していた。親の職業や愛読書などの欄の他に、必ず尊敬する人物という欄があった。シュバイツアーとか野口英世などと書く児童生徒が多かったが、益興も剛衛も決まって佐野庄太郎と記入した。苗字は林田なのに、佐野庄太郎とは誰だろうと、担任を煙に巻くつもりも多少あった。

また、どうしてこの人を尊敬したのかと、後から詳しく聞かれるのを面倒に思ってのこともあったが、母から聞いて育った祖父のことを、二人とも心から尊敬していた。二人の孫の心には、母から聞かされていた庄太郎の生きざまがすっかり根付いていた。

八重子は、生活に困らないようになってから、質屋と電話金融の仕事を義理の息子に任せようと思った。義理の息子とは宣子の結婚相手、つまり婿である。宣子は結婚して大阪に住んでいたが、夫の会社が厳しくなったので大阪から一家を呼び寄せた。二人は一線から退いた。

宣子の夫は、専修大学の山岳部が台湾第二の高山である次高山の新しいルートを開いた時のキャプテンであった。八重子は台湾つながりの不思議な縁を感じた。庄太郎は一代で台湾に錦を飾ったが、尚と八重子は小さいながらも一家を持ち、子供たちを近くに呼び寄せ、独り立ちさせた。

また、庄太郎との約束を守り、星太郎（常夫）を助け、質屋稼業ができる店舗兼家を持たせてやることができた。


八重子は一人のとき、よく写経をするようになった。日記は相変わらずつけており、気分が向けばイラストを添えることもあった。また、過去の日記や写真を見ては振り返り、人の生死の分かれ目を考えるようになった。

尚が南方戦線に送られても死なずに帰ったこと。

貧乏で食べるものにも事欠いたとき、首を括《くく》ろうとして思い直したこと。

鬱《うつ》状態であったのか、猫いらずを手に取って飲む寸前までいったこと。

あのときは、寝坊助でいつも揺さぶって起こしていた宣子が、なぜか起きてきて思いとどまらせてくれた。宣子に何かの力が働いたとしか思えなかった。

一歩間違えば、この世にこうして生きていなかった自分や尚の来し方を考えた。

生死は神様がお決めになるのだろうか。亡くなった父が守ってくれたのかしら。自分が死んでも、子供たちを守ってやることができるのかしら。

ただ、自分の体の中に庄太郎の考え方や教えられたことが息づいていることだけは確かだ。そして自分の子供たちの中にも、父庄太郎が根付いていることを感じた。

先の戦争では無数の人が亡くなった。多くの人が貧乏で苦労した。私たちと同じような経験をした人も沢山いたかもしれない。あの戦争を潜り抜けてきた人は皆一様に苦労したはずだ。皆、生きることに必死だった。生きることが楽になった今、日本人の生き方は随分と変わった。それで良いのかもしれない。

庄太郎が言っていたように、一本筋が通ってさえいれば。皆が地に足を付けて、しっかり歩んでくれればと思う毎日だった。

その十六　再会　庄太郎の遺産

台一からの台湾物産は、年に一、二回長崎の林田家に届くようになった。

この、台一からの写真や便りは、尚や八重子の郷愁を誘った。八重子は北投の思い出で胸がいっぱいになった。だが、引き揚げのとき、二度と台湾の地を踏むまいと誓ったことを思い出して、北投への思いを封印した。

日本も生活が安定してきて、人々の生活は豊かになってきた。その頃、台湾の女学校の同窓会開催の知らせが八重子の元に届いた。懐かしい音琴さんや鳥居さん、東原さんなどが集まるという知らせに、八重子はいてもたってもいられなくなり、思い切って開催地の熊本まで行くことにした。台一が送ってくれた台湾の写真を携えて出発した。方向音痴の八重子であったが、なんとか会場に着くことができた。

同窓会では、八重子が持参した台湾の写真が参加者たちの郷愁を大いに誘った。

同窓会の後、参加者の数人が台湾旅行を計画し、八重子に連絡してきた。八重子は台湾へは行かなかったが、台一を通じて「星乃湯」への連絡を行った。お陰で参加者たちは「星乃湯」に宿泊したり、あちこち訪れたりして、台湾旅行をスムーズに行うことができたと、その時の様子を写真とともに感謝の手紙を八重子に送ってきた。

八重子は「星乃湯」や女学校時代に行ったことのある場所の写真を見ながら「あの時の松が、

こんなに大きなって」とか「宿の玄関は昔のままだわ」と懐かしさに浸っていた。

一方、尚は質屋の経営が軌道にのり、岩村氏や岡本氏などと「大長質屋協同組合」を作った。尚は組合長になり、組合員や家族の慰安を行う親生会《しんせいかい》を作った。

そして親生会で台湾への慰安旅行を行った。

尚が初めて、質屋仲間と慰安旅行に行ったときの写真。キンテアとのツーショットがある。

台湾ではついに、「星乃湯」で従業員として働いていたキンテアさん、楊さん、藤吉さん、李根源さんらと再会を果たした。終戦後から十七年の歳月が経っていた。

藤吉さんからは「大将からは可愛がられ、ときどき小遣いをもらいました。『頑張ればきっと偉くなれる』といつも励まされていました」という話を聞かされた。皆、家族を持ち、お子さんが結婚したり、大学に行ったりする年になっていた。

また、「星乃湯」に行き、李根源とも会った。李根源からは「刀は分からない」と言われた。

終戦後、日本に持ち帰ることができるようになった備品は、台一がもらい受けていた。虎を描いては三筆に入ると言われた掛け軸や彫り物等や、庄太郎が好きだった龍馬の掛け軸は、その中にはなかった。尚はその掛け軸がまだ「星乃湯」の一室に飾られているのを見つけた。かなり傷んではいたが、間違いなく庄太郎が好きだった龍馬の掛け軸だった。思いがけず、その掛け軸を李根源から譲り受けることができた。

この、龍馬の掛け軸は、その後、昭和六十一年（一九八六年）益興が光風台に新居を建てたとき、尚と八重子夫婦は、剛衛、隆子と同居していた大橋から、この光風台の新居に移った。その時、尚がこの掛け軸も持っていき、床の間に飾った。五十有余年を経た掛け軸はボロボロになっていた。

その二年後、傷みがあまりにもひどいので、掛け軸の額装を改装することになった。改装を請け負った京都の業者は、「これは本物の坂本龍馬の掛け軸ですから、大事にして飾ってください」と言った。

それを聞いた益興は、「こりゃあお宝だ！　相当な価値になるかも」と思った。

ところが数日後、たまたまテレビを見ていると、歌手で俳優の武田鉄矢が、四国の人から坂本龍馬の掛け軸を買ったと話していた。びっくりして画面を凝視すると、益興が持っている掛け軸とそっくりだった。そこで、さらに調べてみると、京都にある霊山博物館所有の掛け軸もそっくりだった。

後日、益興は書店に行き、詳しく調べてみた。その結果、すべてが本物であるということが分かった。龍馬を描いた絵は公文菊僊という絵師の手によるものだった。龍馬のブームは度々起こっているが、最初は明治十六年（一八八三年）、自由民権運動の機運が高まる頃であった。坂崎紫瀾という小説家が書いた、龍馬を主人公にした小説『汗血千里駒』を新聞に連載したときであった。

二次ブームは日露戦争開戦前夜のことであった。明治天皇妃の昭憲皇太后が葉山での静養中に見た夢の話が伝わったことがきっかけだった。それは、皇太后の夢枕に坂本龍馬を名乗る男が立ち、「日本海軍の守護神になる」という覚悟を伝えたという話だった。

次のブームが昭和三年（一九二八年）である。この年の海軍記念日の五月二十七日に高知県桂浜に龍馬像が設置され、除幕式が行われた。また、坂東妻三郎主演で龍馬の映画も封切られた。この頃、第十二代酒井田柿右衛門が、有田焼で坂本龍馬の胸像を多数制作した。

公文菊僊という絵師は、明治六年、高知に生まれた。明治二十五年に上京し、久保田米僊に師事して四条派を学び、人物画を得意とした。土陽美術会にも参加し、歴史人物画をよく描いた。龍馬の他に、中岡慎太郎、武市半平太ら幕末維新の志士らの肖像画を多く残している。特に龍馬の絵は、求めに応じて数多く描き残していて、大正天皇にも坂本龍馬像を献上していることが分かった。

数がある分だけ、それほど値の張るものではなかった。

尚の渡台後、八重子の台湾に対する郷愁はさらに募っていった。そのたびに引き揚げ船の中で、もう二度と台湾の地は踏まないと心に誓ったことを思い出しては、ため息をついた。

もう一つ、八重子の重い腰の理由があった。それは飛行機嫌いである。地に着かない乗り物はどうしても好きになれなかった。

一九七〇年、大阪で万国博覧会が開かれた。博覧会で翡翠《ひすい》などを販売するため、「星乃湯」の従業員であった楊さんが日本にやってきた。その折に、尚と八重子のいる長崎を訪ねて来た。さらに、楊さんが行ってみたいという宮島などを尚と八重子は案内した。このとき楊さんが、「一度、台湾に来ませんか。案内しますよ」と言ってくれた。八重子の郷愁は募るばかりであった。

昭和の時代が終わり、平成の時代を迎えた。八重子は古希を目前にしていた。同居していた益興と佳代子夫婦は、尚と八重子に台湾旅行を提案した。

「自分たちも、話に聞いてきたお祖父さんの功績を台湾で見てみたい。お母さんたちに現地で説明を聞きたい」と益興は言った。

益興は大学時代、留年を続けて進路に迷ったときがあった。小倉の下宿に尚が突然やってきて、「だらしない！　やっちゃん（益興）死のう。儂も一緒に死んでやるから」と包丁を取り出した。そこまで両親に心配をかけていたのかと思い、益興は改心した。

尚が帰った後、一人静岡の庄太郎の墓を訪ねた。人生の岐路に立った時、祖父庄太郎から導かれたいと思ったのだ。墓に参っても庄太郎本人と会えるわけではないが、なぜか近くに行って示唆を受けたい、何かを感じたいと思っての行動だった。墓参りを済ませて立ち上がり、少し斜め上を眺めると、雄大な富士山が見えた。ただそれだけのことであったが、何かすっきりしたものを感じ、それ以降は進路に迷うことはなくなった。

益興から祖父の話を聞いていた佳代子も、夫と一緒に台湾に行ってみたいと思っていた。そして「お母さん、是非一緒に行きましょう」と姑を誘った。

八重子は「二度と台湾の地は踏まない」と心に言い聞かせて、終戦後踏ん張ってきたのだが、古希を前にして、ここ数年の郷愁が、「死ぬ前に、耄碌《もうろく》する前に、自分の足で動ける間に行ってみようか」という思いに変わった。ようやく八重子の重い腰が上がった。

こうして平成元年、尚と八重子、益興と佳代子の台湾行きが決まった。剛衛も誘われたが、教職に就いていたため、長く授業を空けることができず断念した。

昭和六十四年十二月二十八日、福岡で一泊し、翌日台湾に飛び立った。

台湾空港では、楊さんとその息子さんと娘婿さんの三人が出迎えにきてくれていた。楊さんが、日本でお世話になったことや「星乃湯」のことを家族に話していたので、初対面の二人も快く迎えてくれた。

まず、栄町に行った。金柿商店があったところだ。栄町新講堂付近は、人、人、人で、「おもちゃ箱をひっくり返したような賑わいね」と八重子は、台湾の発展に目を見張った。

その日の夜は、まるで一行を歓迎するかのように総督府がライトアッされていた。「こんなことは年に二、三回しかないんです。珍しいね」と楊さんも驚いていた。

次の朝は、まず博物館に行った。八重子は子供の頃、この石段でよく遊んでいた。その頃は広々と感じていた石段が狭く感じられた。人で溢れかえっていたからそう感じたのか、自分が大きくなったからか分からなかったが、広々としていた道路は消えてしまっていた。付近の木々も大きなっていたが、八重子たちにとってシンボルだった大きなクチナシの木は無くなっていた。三井物産も、三共製薬も、万屋シボレーも、そして我が家だった台北館も爆撃で消えてしまっていた。鉄道ホテルが建築中で、台北駅も建て替えの最中だった。無事残っていた北門、南門を見て八重子は懐かしさのあまり涙が出そうになった。


昼食は楊さんのご自宅に案内され、楊さんご夫妻の心のこもった手料理をいただいた。調度品の立派さに驚いた。そこで口にしたナップジュース（グァバ）の美味しさ。四十三年間、夢にまで見た味が体じゅうに染みわたり、八重子にしては珍しく、お代わりまでいただいた。

そして夕方、一行は北投まで足を延ばした。その夜は、待望の「星乃湯」に泊まることとなった。「星乃湯」に着いた八重子は、「ああ、静岡から取り寄せた松が、こんなにも大きくなって。

平成元年、尚と八重子と益興、佳代子で台湾を訪れたときの写真。八重子にとって初の外遊であった。「星乃湯」の変わったもの変わらずに残っていたものを詳細に記述している。

サツキも大きくなったね、お父さん」と尚に言った。

「ああ、儂は以前見たけど、その時よりも大きくなっている」と尚。

益興たちは八重子の表情に見入っていた。

「今お母さんの頭の中は、四十三年前に戻っている」と思った。

八重子は懐かしい石段をじっと見つめた。その後、しばらく庭を眺めた。父庄太郎設計の前庭は残っていたが、松やサツキの成長で、五重の塔が石段からは見えなくなっていた。

「もう少し庭の手入れをしたらいいのに」とつぶやいた時、「星乃湯」の玄関から「ようこそ、おいでくださいました」と李光耀さんが出てきた。

「どうですか、この辺も大分変ったでしょう」

と話し掛けてきた。

八重子は、ようやくぐるりを見回してみた。

「鉄真院松寿苑は昔の面影がないわ。木曽さん宅は健在。日の出クリーニングから四軒は昔のまま。誰が住んでいるのかしら」

「あなたの知らない台湾人が住んでいます。当たり前ですよね。さ、どうぞ中にお入りください」

と室内に案内された。

四十三年ぶりの我が家である。通されたのは離れの部屋だった。離れは唯一昔のまま残っている部屋だった。他の部屋や廊下は改装されていて、ずいぶん洋風になっていた。六、七年前は歓楽地だったそうで、「星乃湯」も少しラブホテルのような感じでもあった。

池はそのままあり、何代目かは分からないが、錦鯉が元気に泳いでいた。庄太郎設計の石灯籠は苔むしていて、八重子は少しがっかりした。

翌日、庄太郎がゆくゆくは霊山にしたいと願っていたお不動さんの方面に向けて出発した。最初に気付いたのは、地獄谷がブロック塀で塞がれていて湯気しか見えなかったことだった。訝《いぶか》し気にしている八重子に、「危険という理由で四、五年前に塞がれました」と案内の李光耀さんが説明してくれた。

一行は不動さんのあるところに着いた。庄太郎が太鼓と木魚などを備えて建てた日本家屋とは別に、二軒のお寺が建立されていた。私設道路は舗装され、雨の時に大変な思いをしたことが嘘のようにきれいになっていた。庄太郎が植えたユーカリは大木になっていたが、数本は間引きされていた。直径十センチもなかった松の木は大木になっていて、「これで父も成仏できるだろう。父の夢であった霊山が実現しかけている」と八重子は思った。

「星乃湯」、戦前10番の部屋が大広間に変わっていた。

皆でお参りを済ませると、ちょうど朝から参道を掃き清めている体格の良い台湾人夫妻に出会った。八重子はお礼に頭を下げた。李さんが「この人たちは、ここを造った佐野庄太郎さんの娘さんの家族です」と説明すると握手攻めにあった。

さらに、不動尊を見ていた陳俊銘さんという人から、「この不動明王の像やお寺について、知っていることがあれば教えてください。ここに手紙をください」と言われ、名刺をいただいた。

その後、李さんから近くの家に案内されて、七十八番の観音様が安置されているのを見せてくれた。そこには台一の文字で「お籠り堂」と書かれた板も保管されていた。

「こうして『星乃湯』も、不動尊も、手植えの松やユーカリも、青龍明神も父庄太郎の遺産として残っているんだわ」と八重子は思った。

謂れや造った時の苦労などは忘れられても、こうして台湾の人々の暮らしに役に立っている。これが、父が心血注いで残しておいた遺産なんだと、八重子はしみじみと感じた。

翌日からは台湾観光をした。楊さんの息子さんの車であちこちに連れて行ってもらった。印象に残った場所は、関渡（カンタウグウ）だった。湾生（台湾で生まれ育ったという意味）の八重子も初めて行った場所で、屋根の彫刻が実に見事だった。

ただ八重子は、行く先々で不思議な感覚を覚えていた。至るところに龍の置物があり、八重子が側を通ると、龍の目に見られているような気がしたのだ。変な感じが続いて、初めは嫌な気がしたが、「父（庄太郎）が龍の姿を借りて、私たちを見てくれているんだ」と、八重子は思うようになった。すると、八重子の心はどんどん軽くなっていくようだった。

日本に戻ると、昭和の時代から平成の時代に変わっていた。

八重子の日常は、以前のように写経と盆栽の手入れと日記や写真の整理をする毎日に戻った。アルバムの整理には、先の台湾旅行のページが増えた。時折書く日記に、思い浮かぶイラストを描くようになった。

台湾の写真を眺めては、台湾時代の若かりし頃を思い出すこともあった。

「この写真にある不動尊は、父が残したものよ」と子供たちではなく、孫に説明するようになった自分におかしさを感じることもあった。そして、父の残した遺産は、子や孫の心の中にあるんだなあと思うようになった。いろんなことを繰り返し思い出しては、懐かしむ毎日であった。

子供たちは八重子から聞いて育ったため、祖父のことを心から尊敬していた。庄太郎の生きざまが根付いていた。

そんなある日、「今日は暖かいから、お母さん、散歩に行こう。ヨモギでも摘もうか」と、剛衛が八重子を外に連れ出した。

「そうだね、ちょっと出かけるかね」

剛衛とはよく一緒に歩いたものだと思った。益興の進級の願掛けのため早朝の無縁仏の掃除につき合わせた。盆栽になる実生《みしょう》を取りにもよく付き合わせた。剛衛は受験期であっても嫌がらずについてきてくれた。そのことを思い出して、八重子は重い腰を上げた。久しぶりの散歩

だった。

散歩の途中で立派なお屋敷に出くわした。

「ずいぶん立派な家だね。こんなお屋敷にはどんな人が住んどっとかねえ」

家を見上げながら剛衛が言った。

「この屋敷に住むには、一年で維持費が〇〇円くらいはかかると思うよ。ここに住んでる人の年収がどれだけあるかは分からんけど、家の修繕費も貯めておかないといけんとよ。見た目だけで羨《うらや》んではいけんとよ。地に足がついた生活をすることが一番大事とよ」

そう言って八重子はほほ笑んだ。

後書き

私は退職してすぐに喫茶店を始めた。大学前のいわゆる学生街の喫茶店である。店を出すと若い学生が来て、いろいろな話をするだろう。そこで、見どころのある学生をつかまえて、私の経験を元に刺激してやろうと思っていた。

ところが、私が若い頃のように、コーヒーを前に人生や恋や世の中を語るような学生の文化は残念ながらなくなっていた。いささか寂しさを感じていた頃、この本を書くように勧められた。勧めてくれたのは、偶々《たまたま》お客様で来ていた壮年の人たちだった。一人は中国文化に詳しく、現在は尖閣についての古文書を発掘して研究している、純心大学の石井准教授である。

もう一人が、本省人が外省人にひどい仕打ちを受けた事実を解き明かして本にした台湾人である。さらに、こうした本を出版している、福岡の出版社「集広舎」の川端幸夫氏である。

石井先生が尖閣についての著書を出したことで、偶々店にこうした方々のお集まりがあった。コーヒーを片手に談笑されていた時、石井先生から「マスターも台湾に関わりがありましたね」と投げかけられたのがきっかけであった。

私は三人に、古いアルバムや母八重子の書き残した手記をお見せし、口述されてきたことを話した。すると、それは貴重な資料になるので、是非本にしてはということになった次第である。

冒頭に書いたように、この話は事実を元にして書いたものである。明治の初頭から戦後にかけて、多くの日本人が体験してきたことでもあるだろうし、庄太郎やそれにつながる人たちしか経験できなかったこともあるだろう。ただ、豊かになった平成や令和の人たちに、先人たちがどんな思いで生きてきたのか。どんな時代を潜り抜けてきたのか。そのことを伝えておきたいと思い、ペンをとることにした。

自分の子や孫に、先祖たちがこうして生きてきたことを伝えたいと思った。拙著ではあるが、書き残すことができて、ようやく肩の荷をおろした。

最後に、この本を刊行するにあたって、ご尽力をいただいた集広舎の川端幸夫氏、兄と私を取材していただき、オンラインマガジン『nippon.com』に、「星乃湯」に関連した記事を掲載してくださった平野久美子氏、私の拙文をつぶさに見ていただき編集作業を行ってくださった平盛サヨ子氏、沢山の助言をくださった石井のぞむ氏に感謝してペンを置きたい。

ps　終戦直後、尚に島伝いに脱出しようと持ち掛けた辻田氏のその後である。長崎の長与という町で、柔道整復師として店を経営していた。時折、尚を訪ねることもあった。無事に帰国できたようである。

解説

ノンフィクション作家　平野久美子

本書は、明治から昭和にかけて、日本統治時代（一八九五〜一九四五）の台湾で夢を叶えるために奮闘した男とその家族の物語である。主人公の名前は佐野庄太郎（一八七八〜一九四八）。台北市郊外の北投に純和風の温泉旅館『星乃湯』を築き、地元の発展に大きな功績を残した。

庄太郎一家は一九四五年の日本敗戦にともない、今まで築き上げた富も名声もすべてを手放して内地へ引き上げた。台湾に骨を埋めるつもりだっただけにさぞ無念だったろう。幸い『星乃湯』は戦後も台湾人経営者に引き継がれ、旅館の名前こそ『逸邨大飯店《イーツンホテル》』に変わったものの、正面入り口に立つ旅館の看板には『星乃湯』と並記され、伝説の純和風旅館として語り継がれた。

だが残念なことに『逸邨大飯店』は二〇一三年に閉館してしまった。二〇二一年現在、建物は放置されて廃屋寸前になり、美しかった黒瓦には植物が繁茂している。戦前、上北投のランドマークと称された『星乃湯』の証しは、取り残された看板に小さくその名が残っているだけだ。日増しに朽ちていく姿に胸を痛める人々も多いと聞く。

私はこの旅館に宿泊する機会を逃してしまったが、十数年前に、お知り合いのつてで風呂に入ったことがある。女風呂は思っていたよりも狭かったが、敷地内に湧き出る源泉は硫黄泉だけあってやや緑っぽく白濁し、とろんとした肌触りだった。温泉から上がってからも体の芯が温かったのを覚えている。

『逸邨大飯店』は川沿いの奥まったエリアに建っていたので、一帯は緑が濃く日本家屋の黒瓦の風情が景色にマッチしていた。帰り際にのぞいた日本庭園は、築山に松がはえ小さな橋の架かった池には緋鯉が泳ぎ、ここが台湾とは思えぬ異空間であった。

時代の風に乗って台湾へ

このたび、庄太郎の孫に当たる林田剛衛氏が、庄太郎の長女である母の八重子さんが遺したアルバムや備忘録や台湾人従業員との手紙の数々をもとにして本書を上梓された。ただし、前書きで著者が断っているように、ノンフィクション作品とは趣が違う。内容的には著者自身の祖父母や両親への尊敬と思慕、自身の子供時代の思い出、さらには庄太郎のひ孫世代へのメッセージがないまぜになっているので、小説仕立ての独特の世界を醸し出している。読者は〝龍の夢〟佐野庄太郎の見果てぬ夢に誘われながら、戦前、彼の家族がどのように台湾で暮らし、戦後、彼の子供たちがどのように各地に根付いていったかを知ることになる。

そこで、この物語の参考にして頂くために、佐野庄太郎の足跡と彼が過ごした明治、大正、昭和の台湾観光史を記しておこう。

静岡県富士宮市の商家の五男坊として一八七八（明治十一）年に生まれた庄太郎は、十九歳になった一八九七（明治三〇）年、単身、新天地の台湾へ。コツコツと貯めた三円と祖母から餞別に貰った五円（註・八円は現在の貨幣価値に換算すると約十六万円）を懐に入れて・・・。

台湾北部の港町基隆に到着してから台北市に移った庄太郎は、運良く雑貨店を営む商人と知り合いその店で約一〇年奉公をする。三〇歳の時に独立して自分の名前を付けた商店を立ち上げた後、一九〇八（明治四一）年に現在の「二二八和平公園」に近い表町一丁目四八番地に赤レンガ三階建ての旅館『台北館』を開業した。

身分制度が廃止された明治という時代の高揚感に後押しされて、当時は新しい領土となった台湾で運だめしをする若者が多かったのだ。人生を自らの手で切り拓こうとする気概、新しいことに挑戦する勇気とアイデアが庄太郎にも備わっていた。新天地での出会いが商運を呼び、現地の従業員も心をひとつにして、理想の旅館経営に乗り出した。

この頃の台北市はインフラ整備も一段落してすっかり近代都市に生まれ変わり、内地から多くの商人や視察団が往来し商売の好機が揃っていた。台湾観光の黎明期にオープンした『台北館』は、その後着実に収益を上げていった。

昭和天皇が摂政宮だった一九二三（大正一二）年に行われた台湾行啓は、各地の景勝地と産業施設の紹介につながり、台湾の魅力に注目が集まるようになった。摂政宮はこの時、北投温泉も視察に訪れている。

一九二七（昭和二）年には台湾日日新報社が、北は基隆港から南はガランピ灯台まで〝台湾八景十二勝〟を選び旅行ブームが到来。十二の景勝地のひとつに北投温泉も選ばれていた。

もともとドイツ人によって発見された北投温泉は豊かな湯量を誇るラジウム鉱泉で、日本人による最初の温泉旅館開業は一八九六（明治二九）年と言われている。日露戦争の傷病兵の療養に大いに利用され、一九〇七（明治四〇）年頃に露天風呂『滝之湯』が開業、一九一三（大正二）年には公共浴場も完成した。次第にビジネスや観光で来台する内地人の間で評判が高まり、官民視察団の旅程にも北投温泉が組み込まれるようになった。

広大な上北投の用地を買収

一九二八（昭和三）年、庄太郎は『台北館』を八万円で売却。北投地区を世界的な保養地にして地元民の生活を豊かにしたいと考え、上北投一帯の土地を購入し開発に乗り出す。当時の北投には老舗『滝之湯』など何軒か湯治場や旅館があったものの、本格的な純和風のもてなしを提供する施設は皆無だった。

庄太郎は地熱谷近くにあった建物を買収すると、旅館名を北投にそびえる天星山と星太郎という息子の名前から一字を取って『星乃湯』とする。そして自ら建材を選び宮大工を呼んで純和風旅館に大改築。庭園には内地から取り寄せた松やサツキをふんだんに植え、築山や池を造り錦鯉を大量に放した。館内には男湯、女湯、家族風呂など五カ所の温泉場を設け、趣を凝らした和食を提供した。さらに地熱谷の後方に延びる山道を自ら測量し、自動車道路を自費で開通させ展望台を造った。すると北投市街を一望できると評判を呼び、湯治客ばかりか内外の観光客も足を運ぶようになった。

古いアルバムには、『台北館』の前で庄太郎一家と従業員が仲良く並ぶ写真が残っている。台北時代からともに働いてきた原住民、漢人、日本人の混成チームが、一丸となって北投でも奮闘したのである。

一九三〇年代後半になると台湾鉄道部に観光課が開設され、海外に向けても観光宣伝に力を入れ始めた。台湾が南方への物資支援の拠点として注目をされるようになったからである。一九三五（昭和一〇）年、総督府は台湾始政四〇周年を記念して台北市で博覧会を開く。展示会場では台湾の景勝地や史跡、温泉などの観光資源と物産が大々的に紹介され、以後、民間の旅行社、旅館、交通各社が政府の施策に協力したおかげで、台湾は内地人憧れのデスティネーション(旅行先)となる。純和風旅館『星乃湯』は総督府の高官やＶＩＰの接待にも使われ、庄太郎のもくろみ通り上北投のランドマークとなっていった。

軍への協力を経て終戦へ

だが、日中戦争の始まりとともに観光業にも陰りがさしてくる。現在も上北投に残る元日本軍衛生医院北投分院は一九一〇（明治四三）年の開業だが、台湾軍管区部隊第十方面軍の五個師団は、中国南部戦線から送還される傷病兵の保養先としてさらに陸軍保養所の建設を発表。その用地が庄太郎の所有地とかぶっていたため境界線を巡って係争が起きた。周囲の反対にもかかわらず庄太郎は陸軍相手に裁判を起こし、測量地図を根拠に粘り強く戦い、勝訴した。その上で庄太郎は、改めて軍に所有地の提供を申し入れ、筋を通す男としての名を上げた。

戦局が逼迫《ひっぱく》してくると『星乃湯』は陸軍の航空病院第一別館となる。庄太郎は裏手の山に地元民のための老人憩いの家を新たに建て、敷地内に舞台をしつらえて療養中の傷痍軍人を招き、地元民との交流に努力する。

そして迎えた一九四五（昭和二〇）年八月一五日。日本の敗戦により庄太郎は今まで築き上げたすべてを手放し、内地に引き揚げざるをえなくなった。単身渡台して四八年目のことだった。自分の分身とも言うべき『星乃湯』を台湾人従業員に譲って庄太郎夫婦と三男は静岡県富士宮市へ、長男と次男は神戸や大阪へ、一人娘は夫の出身地長崎へと、それぞれの場所で戦後の生活をスタートさせた。

「祖父は引き上げてからも星乃湯のことを心配し、松はその後も育っているだろうか、庭園の鯉は無事に長らえているだろうかと、最期まで気にしていたそうです」（剛衛さん）

庄太郎の無念さや台湾への望郷の念の強さはいかばかりだったろう。一九四八（昭和二三）年五月のある日の早朝、引き揚げの心労などで健康を害した庄太郎は、家族に「皇居の方に体を向かせてくれ」と頼むと、そのまま二度と目を開けなかった。享年七二歳だった。

戦後の台湾は国民党の観光政策のもと、一九六〇年代から米国人、日本人の観光客が次第に増え、華僑からの観光事業投資も増大した。創業者が去った後の『星乃湯』は『逸邨大飯店』と名前を変え、和風のもてなしとタタミ部屋を引き継いで外国人客を惹き付けた。

一九七〇年代に入ると日本からの団体客による不純なツァーが物議を醸した時期もあったが、北投旅館組合や台北市政府による観光浄化運動が功を奏し、一九九〇年代には観光地としてのブランド力を取り戻した。そして現在は数十軒の温泉リゾートホテルを擁し、石川県和倉温泉の老舗「加賀屋」が進出するまでになっている。庄太郎が挑戦した北投のリゾート開発は彼が思い描いた以上に実を結んでいると言えるだろう。

『星乃湯』の血縁を訪ねて

長崎に、『星乃湯』の創業者佐野庄太郎の子孫が暮らしておられることを、最初に知ったのは二〇一九年。集広舎の川端幸夫さんからの紹介だった。早速私は二〇二〇年の秋に、長崎大学付近で本書の著者林田剛衛（六七）さんとその兄の益興（七一）さんを訪ねた。待ち合わせ場所の喫茶店は、剛衛さん夫妻が経営するオーガニックカフェだった。居心地のよいスペースで、お二人から祖父佐野庄太郎のことを聞かされ、あまり語られることの無かった戦前の台湾観光史上に、こんな風雲児がいたことに驚いた。

本書に詳しい説明があるとおり、庄太郎は裏山にあった滝の近くに不動明王を祀る祠も建てた。この祠は現存していて、長らく日本渡来の神がなぜ北投にあるのか不思議がられていたが、八重子さんが父の事績の一環として台湾研究者に紹介したことからその謎がとけたというエピソードもある。

益興さんが家族とともに初めて北投を訪れたのは一九八八（昭和六三）年。庄太郎が経営を託した台湾人オーナーのもとで名前を変えて営業していた旅館は、一九六〇年代から急増したアメリカ人観光客のために「一部は和洋折衷に改造されて和風モダンなホテルという印象が強かった」という。広い敷地には、離れやスイミングプール、錦鯉が群れ泳ぐ池や石灯籠を配置した日本庭園が戦前のままに残り、和風の旅情を醸し出していた。

「それから二〇年以上経って私が訪ねた時はすでに閉館していました。外から眺めただけでしたが涙が止まらない。実に不思議な感覚でした。一代で大事業を成し遂げた祖父を尊敬し、どこかで祖父のような人生を歩みたいと思っていたせいでしょうか。」。

弟の剛衛さんは感慨深げに言う。

兄弟は、母親から問わず語りに祖父のことを聞いていたが、ファミリーストーリーの構想が浮かんでからは、昔のアルバムを改めてじっくりと眺めたそうだ。目の前に広げてくれた貴重なアルバムには、庄太郎の足跡がセピア色の写真と細かな説明文とともに整理され、庄太郎が全身全霊を込めた『星乃湯』の全盛時代の貴重な記録になっている。そのアルバムがもとになり、今、こうして一冊の本になったことは著者の努力のたまものだ。

絆が再び結ばれた

私は二〇二〇年の一一月に、林田兄弟から伺った話をもとにして多言語オンラインマガジン『nippon.com』に、星乃湯の創業者佐野庄太郎について記事を書いた。すると思わぬ反応が台湾から編集部に届き、とても驚いた。

そのひとつは北投市立文物館が二〇二一年四月から八月まで開催した北投温泉一〇〇周年記念の展覧会『世紀―老北投的時光故事』に、『星乃湯』の写真や庄太郎ゆかりの品を展示したいという申し入れだった。それを長崎市在住の林田剛衛氏に伝え、貴重な戦前の写真や庄太郎が大切にしていた坂本龍馬像を描いた掛け軸や母の八重子さんが綴ったアルバム備忘録などを選んでもらい、国際宅急便の手配、保険の申請などを経て、長崎から無事に北投文物館へ貸し出しをしていただいた。『星乃湯』のコーナーに置かれたそれらの品々は、多くの来場者が目にしたはずだ。

もうひとつの嬉しいニュースは、閉館まで『逸邨大飯店』を経営していた一族の関係者が中国語になった記事を読んで、アメリカからわざわざメールを下さったことだ。

以下は、戦後に庄太郎から経営をまかされた台湾人オーナーの孫にあたる李佳銘さんへのインタビューだ。彼女が今も『星乃湯』へ特別な追慕の念をもっていることがよくわかる。

〝自分たちの歴史を見せる場所〟

―あなたにとって『星乃湯』はどんな存在なのでしょうか？

李　戦前の『星乃湯』については、家族はもちろん従業員やお客様からも話を聞いて育ちました。私はその伝説の『星乃湯』の建物内で生まれ、三〇歳までそこで過ごしました。ですから人生の一部と言ってもよいでしょう。それも素晴らしい思い出が詰まった特別の場所なのです。

―あなたにとっては、生活の場でもあり遊び場でもあったんですね？

李　そうです。あの旅館のことは隅から隅まで覚えています。子供時代はかくれんぼをしたり館内を走り回って遊んだものです。もちろんゲストのいない時間帯ですけれど（笑）。今でも写真を眺めると、たくさんの思い出が押し寄せてきて、胸がいっぱいになります。

二〇二〇年の一一月に、『nippon.com』にあなたが寄稿した記事を読んで心が揺り動かされました。創業者の佐野庄太郎さんのことだけでなく、三代目のお孫さんの近況も書いてあったでしょう、ほんとうに驚きましたし、嬉しかったのです。

――戦後あなたのお祖父様に経営が受け継がれてからも、戦前の『星乃湯』で働いていた台湾人従業員は仕事を続けていたのですか？

李　いいえ、全員入れ替わりました。一九六七年から日本語ができる台湾人を雇い、伝統を支えてきました。

――和食も出したのですか？

李　和食は一月一日の元旦のみ、お泊まりの方々におせち料理を母が作りました。当時は日本のお客様が多く、お正月気分を台湾で味わっていただきたかったからです。お雑煮のほか、だし巻き卵、黒豆の甘煮、昆布巻き、数の子、かまぼこの盛り合わせ、子持ち鮎の甘露煮などをお出ししていました。

――日本庭園の維持管理は大変だったと思いますが、どのようになさっていたのですか？

李　それがあまり問題はありませんでした。祖父が受け継いだときもしっかりと手入れが行き届いていましたから、特別のことは何もしなかったと思います。ツツジや桜が季節ごとに咲き、橋のかかった池には緋鯉が泳いでいて、そのまわりには石灯籠。子供の私にはおとぎ話の世界のようでした。

――戦前は日本人客がほとんどでしたが、戦後はどうでしたか？

李　一九六〇年代はアメリカからのお客様が多く、洋風に一部改装したりしましたが、一九七〇年代から日本のお客様がふたたび増え始めました。一九九〇年始めまでは三五～七〇パーセントは日本人でした、地元の台湾のお客様が多くなったのは、国内旅行が盛んになった一九九〇年代後半からです。だいたい半分強が地元客でした。

――『星乃湯』は北投の伝説になっていましたね。その名声と伝統を、戦後どのように生かして経営なさっていたのでしょうか？

李　私たちのビジネスはたいそう控えめでした。長年の常連客は、自然があふれる上北投にたたずむ歴史ある和風建築と平和で静かな環境を好んで、たびたびご利用下さったのです。それが戦前からの『星乃湯』

のスタイルでした。昔ながらの北投石を使った浴場、石の彫刻を施した湯の出る蛇口、竹材で作った窓、畳敷きの宴会場、障子ごしに光が差し込む日本間、広いベランダ・・・どれもみな心がなごむ空間です。それと上質の温泉。そのすべてが『星乃湯』の伝統ととらえ大切にしてきました。ですから、『逸邨大飯店』と名前を変えても、ここは〝自分たちの歴史を見せることができる特別な場所〟と考えていました。

—今はアメリカにお住まいですが、北投が懐かしいのではありませんか？

李　もちろんです、あの旅館は私の家族の精神の一部ですもの。いまだに『星乃湯』が夢に出てくるんですよ。生まれ育った『星乃湯』にお別れするとき、私は大浴場をひとりきりで使い、しみじみと思い出に浸りました。そしてこの旅館を作り上げてきた人、すべてに感謝をして、最後に「さようなら」と言って別れを告げてきたのです。

いずれ、自分たち家族が歩んだ道のりを書き上げたいと思います。そうすれば、『星乃湯』のもう半分の歴史が明らかになりますものね。

李さんは、自分たちのホテルを『星乃湯』と何度も呼んだ。その言葉にも深い尊敬と追慕の気持ちが溢れていると、私は感じた。

心が震えた体験だった

日本人の常連客にも当時の旅館の様子を聞くことが出来たので、ご紹介したい。

商用で台湾へ行くたびに『逸邨大飯店』に宿泊していたという熊本県在住の廣瀬勝さんは、一九九〇年代後半から二〇〇〇年代にかけて何度も利用した。基本的には素泊まりが多かったそうだが、台北や桃園で昼間は仕事をして、夜は北投の『逸邨大飯店』でゆっくりと温泉に浸かって鋭気を養うことが、いつしか習慣となった。

―初めて利用したのはいつ頃ですか？　どのようにしてこの旅館を見つけられたのですか？

廣瀬　確か一九九六年が最初でした。私は九州の温泉育ちなので、風呂のある温泉旅館が良いと思ってガイドブックで捜したのです。

―初めて旅館に足を踏み入れたときはどんな印象でしたか？

廣瀬　心が震えました。建物の隅々まで古き良き昭和が息づいている。ちょうど昭和三〇年代の日本に引きこまれたような・・・その場にくずれおちるような感動を覚えました。

―サービスはいかがでしたか？

廣瀬　あるとき、台北での仕事が遅くなり、夕食を取れぬまま北投へ帰ったことがありました。すると、仲居さんがいやな顔一つせず夕食を出してくれた。それもすき焼きを作ってくれました。たしか一〇〇〇元くらいだったと記憶しています。あの頃は日本語がたいそう上手なスタッフがいて、日本人客の世話をよくしてくれました。れいこさんという日本名をお持ちの方だったなあ、身の上話も気さくにしてくれて。とにかくスタッフの皆さんの感じがよくて、ものごしも昭和風でした。

―素泊まりが多かったということは、朝食はほとんど取っておられない？

廣瀬　そうですね、朝食はトーストとベーコンエッグ、青インゲンなどの野菜炒め、コーヒーという洋風スタイルでした。

―いつごろ、閉館になったのを知ったのでしょうか？

廣瀬　最後に泊まったのは二〇一一年頃です。その後、北投に出かけたついでにホテルの前をタクシーで通ったら鉄板に囲まれていました。それで閉館したことを知ったのです。ほんとうに残念です。

連日夜遅くまで仕事先を駆け回っていた猛烈社員にとって『逸郎大飯店』＝『星乃湯』はまさにオアシスだったろう。廣瀬さんは退職後、熊本県のわいた温泉郷で家業の湯治場を継いでいるが、何かにつけて思い出すのは昭和風情が濃い『逸郎大飯店』だ。こうした常連だけでなく、閉館を惜しむ声は台湾、日本双方から今も聞こえてくる。

「祖父とともに夢を実現した当時の従業員の、せめてご遺族とお目にかかりたい・・・そんな気持ちが年々大きくなっています」

本書の著者林田剛衛さんは、しみじみした口調でこう話した。

ひとつの旅館をめぐって、日台双方の子孫の交流が実現すれば『星乃湯』の新たな伝説となるだろう。伝説は、目に見える実体よりも人々の心の中のドラマに寄り添うものだから。本書がきっかけとなりさらに新しい絆が生まれることを願ってやまない。

（了）

＊解説文は、二〇二〇年一一月二九日にオンラインマガジン「nippon.com」に掲載した記事に加筆し、新たに構成したものです。

参考資料

○台北歴史地図散歩　発行所（株）ホビージャパン
○西川満著『黄金の人』
○富士の宮市の記述…ウキペディア
○五一五事件〜日中戦争…ウキペディア

○次ページに、八重子が書き残した家系図を掲載した。

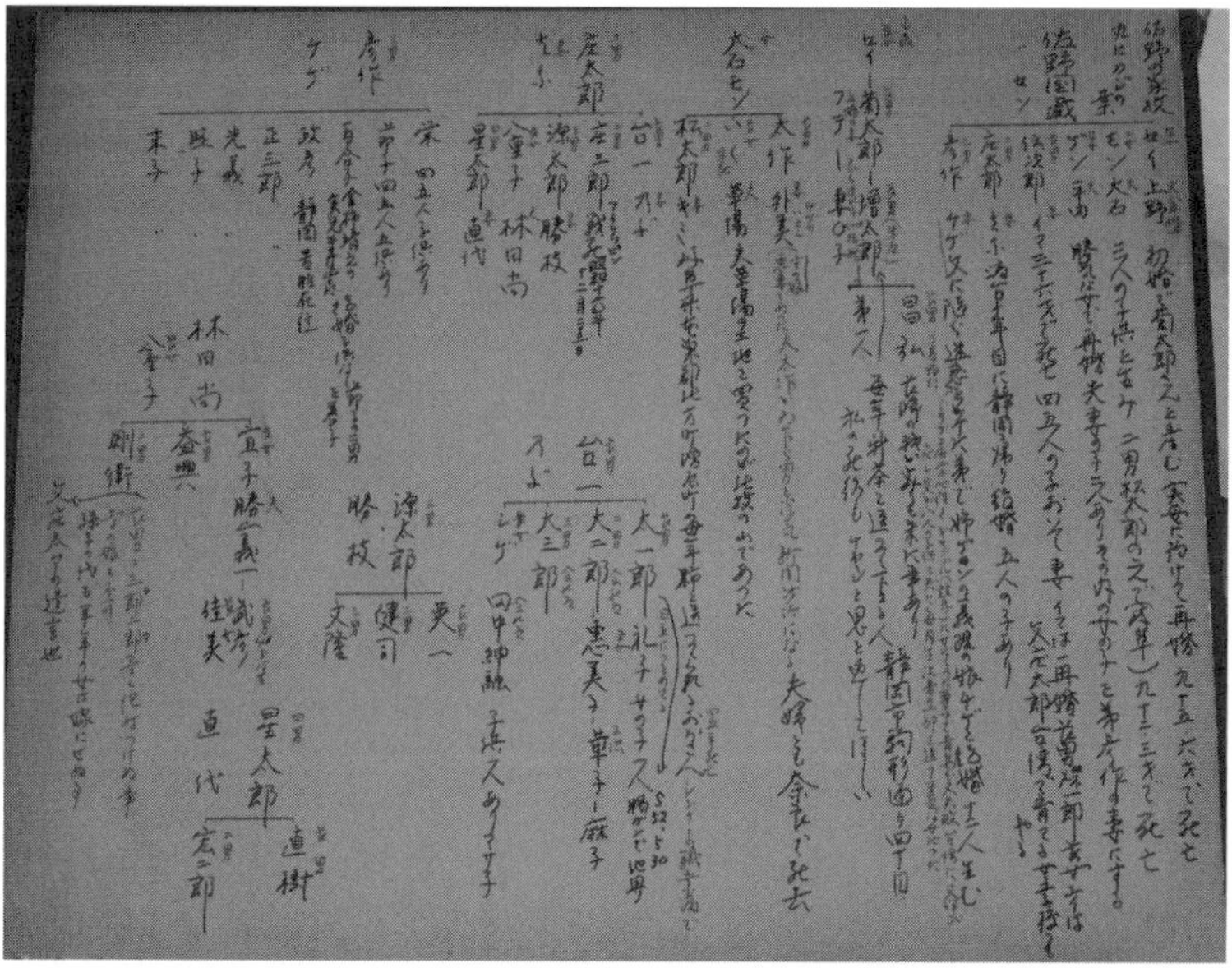

佐野家、林田家等の家系図。

著者に寄す

中里　利行

「喫茶去　ベアフット」に立ち寄った際、「本ができたので読んでみてください」と渡されたのが『龍の夢』でした。一見、幕末の偉人「坂本龍馬」を扱った本のようなタイトルと思いましたが、読んでみると、実はありきたりの「偉人伝」ではなく、愛する家族や祖先のエピソードを綴った「家族史」の「偉人伝」なのです。

そこには、こよなく愛する祖父君や母君、そして親類縁者の生きる姿がまざまざと描かれており、それらの多くが筆者の人となりや現在の喫茶店経営のありように繋がっていることに気付かされました。

多岐にわたるエピソードのユニークさと興味深さ、確かな時代背景とそれらを裏付る豊富な知識に誘われて、一気呵成に読み上げてしまいました。

中でも、祖父庄太郎氏が長崎から台湾へ向かう船上で出会った暴風雨の描写には、鬼気迫る怖さと狂ったように躍動する海や暴風雨の様子が見事に表現されていました。この時に唱えられた日蓮宗の経文が、密教や大日如来にも通じるものであるとは、目から鱗《うろこ》でした。また、北投温泉で道を拓くときに龍が現れ、その龍が山を巡り跳び、果ては洞窟に入り、龍と共に寝ている時の描写などには、迫力と怪奇さが見事に描かれていました。母君八重子さまの手記だけではうかがいしれない色彩や音の表現があり、あたかも映画を観るかのようでした。まさに、著者の表現力の豊かさと色彩感覚の多彩さが滲み出ていました。さらに、雲仙飯岳での生活を始めとする耐乏生活の日々には、我が幼き頃の暮らしぶりと親の困窮ぶりも彷彿とさせられ、涙なくしては読めないほど真に迫る深刻さがありました。他にも、やんちゃな電車事件やカード遊びの達人、家業の手伝いなど興味深いエピソードが満載です。

このような暮らしや人々の思いが確かにあったことを誰かに伝えたい！　知っておいてもらいたい！　との思いを強く持ったものです。

恩を忘れない！　他人を泣かさない！　分相応の生活を！　悔しさを発条《ばね》にする！　等々、商売をしながら身に付けられた信条が、祖父君庄太郎氏から母君八重子さま、そして「喫茶去

ベアフット」経営する筆者へと受け継がれている血脈の不思議さというか強さに感動を覚えてしまいます。

思えば、筆者とは二度ほど同じ職場で働いたことがありますが、そのころから「こうしよう！」と決めたことに対して、色々

な方策を練り、十分な準備をし、周囲の説得に力を注ぎ、自らが先頭に立って進んでいくという姿勢があったことを思い出します。今思えば、祖父君庄太郎氏面目躍如というところかもしれません。

信念をもって生きることを教え、実際に生活を見せてくださった祖父君庄太郎氏の血は、受け継いだ母君八重子様を通じて、しっかりと著者に受け継がれていることを認めざるを得ません。

親を語れること、祖先を語れること、祖先を大切にすること、両親を大切にすること第一義にして生きてこられた著者を知るだけに、「龍の夢」の意義と素晴らしさを皆さんに味わっていただきたいと思うのです。

読書を趣味とする私は、これまで多くの本を読んでまいりましたが、どの作品の著者にも羨ましさを覚えたことがありませんでした。自分自身で小説を書いたり発表したりする意思がなく、本の世界に心をときめかせるだけの市井の人だったからです。天賦の才能を持った方が、私たちの喜びや悲しみの代弁者として、その才能を発揮してくださっているのだと感謝こそすれ羨むことはありませんでした。ところが、この「龍の夢」の著者は、二度ほど職場を共にした同僚なのです。自分の信念を持っていること、貫くための方策の豊富さ、それを実現するための説得力や実行力などに、これまで羨望の念を抱くことはありませんでした。ここにきて、私の手の届かない小説という分野での表現力や時代考証、そして地理的思考などでも羨望の念を抱かされるとは……その飽くなき向上心に脱帽せざるを得ません。

著者は、社会科を専門とする教師でした。文字通り、人間が生きてきた社会の歴史や地理を教える中で、生徒自身が自らの手で生きる道や生き方を学ぶ手伝いをされてきたわけです。手伝いが上手くいくために、自分の生い立ちはもとより、旅やスポーツなどの様々な経験を交えたエピソードを数多く語ってこられたと思われます。このことが、著者の博学多才さに寄与していることは容易に想像できることですが、羨ましい限りではあります。

こだわりの喫茶椀で、こだわりの珈琲をいただき、取り留めもない四方山話をすることを楽しみに、「喫茶去」に通うことは続くと思いますが、魅力満載のこの本を創った著者の文才や博識を眩しく感じています。また、小説という新しい分野に六十歳を過ぎてなお挑戦するという逞しさにも圧倒されています。ましてや、幼き頃から培われたという人物を見極めるとか、物の価値を見抜くという力には、おののきさえ感じるところです。が、作中に流れる、林田家独特の人間に寄せる思いとか優しい眼差しとかが、至らぬ私たちを抱き込んで、居心地の良い空間を提供してくださるものと期待して、「喫茶去　ベアフット」へ足を運び続けたいと思っています。

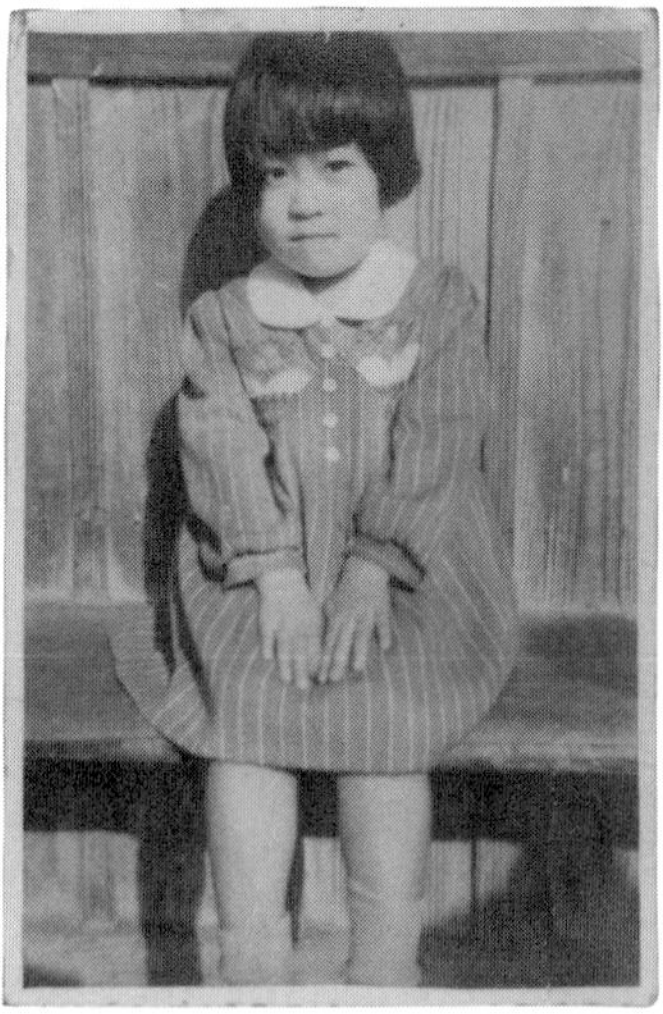

上：「星乃湯」の表玄関にて、ハナと使用人の女性達
下：長男台一の第一子　シゲ子さん（京都在）「星乃湯」にて

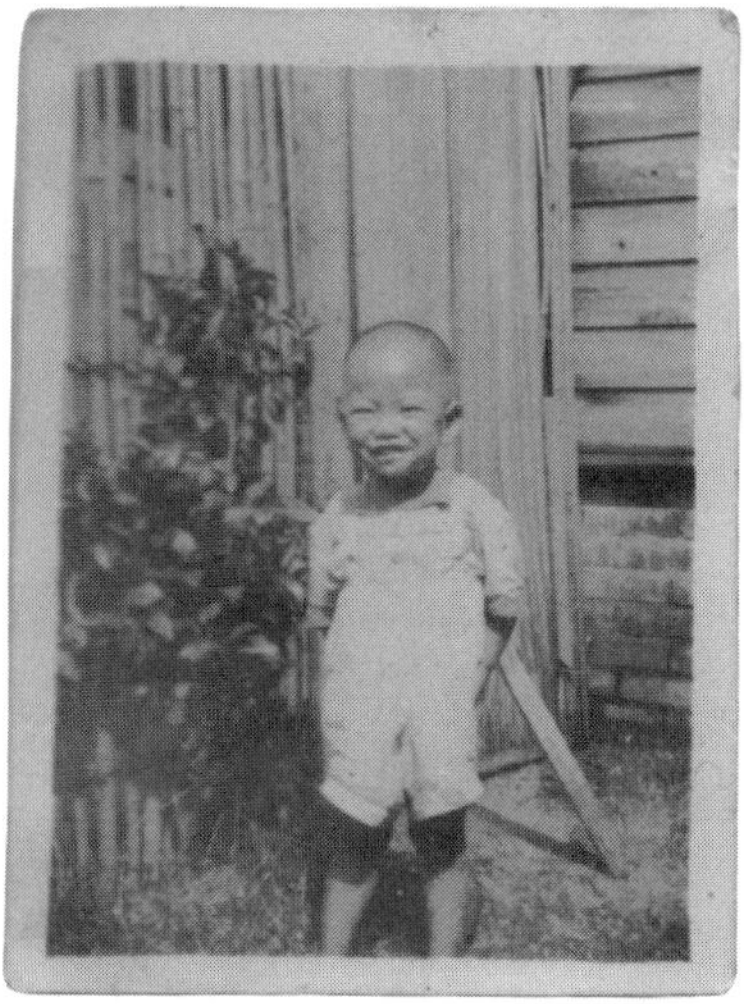

上：長男台一の二男　大二郎さん（神奈川在）
下：神戸岡本にあった長男台一の家

昭和八年「星乃湯」の裏手一帯にあった庄太郎所有の山

上：長男台一の三男　大三郎（屋久島在）
下：台北館支店「星乃湯」玄関にてとある。まだ、台北館を所有していたころ

剛　衛（ごうえい）
昭和27年10月、長崎市材木町に生まれる。（現、興善町中央公園）
立命館大学を卒業後、長崎県で、高等学校の社会科、特別支援学校全科の教職員として勤務し、平成25年3月に定年退職。退職後、長崎大学前で喫茶店を開業。学生時代から好きになった珈琲（自家焙煎）を飲みながら、読書や執筆をしている。趣味は、サイクリング、山登り、バドミントン、ニホンミツバチの養蜂

林　祥一郎（はやし　しょういちろう）
昭和24年4月28日生。長崎県南高来郡（現在は雲仙市）千々石町で生まれる。
大学卒業後、歯科医院を開業。現在に至っている。
趣味、日曜大工、イラスト。

挿絵　　林田　八重子（故人）

星乃湯 龍の夢　台湾北投《ほくとう》に〝日本〟をつくった佐野庄太郎一家

令和3年（2021）年9月1日　第1刷発行

著　　者　剛　衛（ごうえい）
解　　説　平野久美子
発 行 者　川端幸夫
発　　行　集広舎
〒812-0035 福岡市博多区中呉服町5番23号
電話 092·271·3767 FAX 092·272·2946
ホームページ https://shukousha.com
装丁・組版　アサヒデザインプランニング
印刷・製本　モリモト印刷株式会社

ISBN978-4-86735-014-0 C0093